AF582582

PARA QUE BAILEN LOS OSOS

JOSÉ HUGO FERNÁNDEZ

Editorial Dos Islas

PARA QUE BAILEN LOS OSOS

ISBN: 9798844351068

PARA QUE BAILEN LOS OSOS

JOSÉ HUGO FERNÁNDEZ

La palabra humana es un caldero
cascado en el que tocamos melodías
para hacer bailar a los
osos, cuando en realidad quisiéramos conmover
a las estrellas.

Gustave Flaubert

UNO

Los tres ríen juntos en la instantánea fotográfica, pero eso le sucede únicamente con Ella: basta que se detenga unos segundos a mirarla reír, y de inmediato le asalta la impresión de que está a punto de ponerse seria para preguntarle ¿y tú qué miras? Vagamente recuerda alguna experiencia anterior en la que se sintió impulsado a desviar la vista de una foto al descubrir que alguno de los retratados lo observaba con majadería, a él, sólo a él. Lo turbador en este caso es verse repelido por Ella, y nada menos que a través de sus ojos, que siempre fueron tan tiernos y acariciadores. A no ser que los ojos que Ella muestra en la foto no sean los mismos que él conoce. Pero tienen que ser los mismos porque es Ella la fotografiada. Y si son los mismos, ¿cómo es posible que lo miren tan ajenos y amenazantes?

En fin, sea como fuere, él no está ahora para preocupaciones extras. Bastante tiene con el agobio de levantarse cada mañana bajo la presión de hallar una fuente económica estable que le permita pagar la renta y cubrir otros gastos impostergables, mientras comienzan a llegar de una vez los cobros por derechos de autor del último libro, su esperanza blanca por así decirlo, ya que es el único que se mostraron dispuestos a valorar en esa editora con un potencial comercializador más o menos satisfactorio. Entonces lo mejor que hace es virar la foto al revés y encerrarla en una gaveta. Así dejará de perturbarlo. ¿O no? Pues si bien se pone a salvo de su alcance visual, sabe que la retratada va a continuar ahí, muy cerca, entre Uno y Otro, a la espera quizá de nuevas oportunidades como aquella en que sus ojos remontaron tan agresivamente la superficie del cuadro. Ha oído decir que a través de ciertas imágenes fotográficas pueden ser descubiertos detalles de la realidad que por lo general no están expuestos a la mirada corriente, o no son captados, sea porque atraviesan con una gran rapidez el ángulo óptico o porque resultan insignificantes hasta un punto en que rayan la invisibilidad.

Nada como la fotografía para darle forma a los latidos del tiempo. Esto es algo que igualmente ha oído decir. De manera que no debiera inquietarle tanto lo que viene sucediéndole con la foto en cuestión, toda vez que hacer visible lo invisible parece formar parte del mismo procedimiento fotográfico.

Desde luego que una cosa es mostrar lo que no se ve a simple tiro de ojo y otra distinta es sustituir lo visible con algo que no lo era, tal y como ocurre realmente cuando Ella deja de reír en la fotografía y asume de pronto esa expresión grave. No obstante, estaría dispuesto a admitir que el cambio de semblante también pudiera ser fruto de alguna suerte de ilusionismo originado por la cámara. Hay risas que se prestan a ser confundidas con muecas, y viceversa. Sin embargo, le desasosiega un tanto que continúe sin respuesta lo más significativo, que es la razón por la cual Ella recrudece el centelleo de su mirada, enfocándolo directa y exclusivamente a él, sin que pueda remediarlo, por más que se mueva de un lado al otro buscando variar su ubicación con respecto a la foto.

OTRO

Ciertos imitadores se anticipan al original imitado. Alguien lo dejó escrito. Él no sabía quién. Tampoco supo en un inicio de qué tipo de imitadores se trataba porque no pudo escuchar completo el comentario de los dos individuos. Supuso que estuvieran hablando sobre literatura, ya que ambos, al igual que la mayoría de los comensales de El gato volador, eran escritores o creían o aparentaban serlo. En sus trajines como camarero de aquel restaurante (especie de santuario para los lezamianos poseídos de hambre rusa y para el clan de los sibaríticos patriotas), solía escuchar corrientemente toda suerte de alusiones por el estilo, pero siempre a retazos, mientras se trasladaba desde una mesa a la otra sirviendo cervezas y retirando platos usados, que no sucios, puesto que al parecer los lamían.

Pasado el tiempo podría darse cuenta de que tal acercamiento al discurrir de los famosos, por diferido y fragmentario que fuera, debió propiciarle la inoculación del bichito de la escritura. Pero lo iba a comprender después. Las inferencias de esa índole no hallaron hasta entonces cabida en su mente, pues la mantuvo demasiado ocupada pensando en cómo conservar la plaza de camarero en aquel restaurante digamos privado y ubicado en una zona de La Habana donde la movida de las influencias sectarias era casi igual de exclusivas que la del dinero, así que de muy difícil acceso. Al menos para un tipo como él, sin padrinos catapultas y además reprobado por todas las instancias oficiales.

Mas algo pudo empezar a cambiar a partir de esa tarde, justo en el minuto en que un chispazo, un pálpito - quién sabe si fruto de alguna vaporosa coyunda de Dios- le condujo a permanecer inamovible junto a la mesa de aquellos dos comensales, atento a la conversación, mientras les vertía la séptima cerveza en sus respectivos vasos cuidando que la espuma no los desbordara. Comensal 1: Desde Martí hasta Carpentier, la obra de todas las luminarias de nuestras letras está colmada de ideas y expresiones que tomaron de otros grandes universales y que apenas encuadraron en su propio molde, enriqueciéndolas a veces y otras veces degradándolas. Comensal 2: Lo mismo podría decirse de todas las luminarias en todas las épocas y en todas las literaturas. Comensal 1: Tu respuesta es más que tópica, trivial. Comensal 2: También lo fue tu enunciado. Comensal 1: Nadie dice nada que no haya dicho alguien con anterioridad. Comensal 2: Entonces brindemos por el remedo, la cita, el ascendente, la arrogación, el calco, la parodia, la imitación, el pastiche... A él le habría gustado sumarse al brindis propuesto por el Comensal 2. Y en rigor lo hizo, aunque simbólicamente. Incluso no iba a ser la última vez que entrechocara su copa con las de aquellos alumbrados mediante los cuales supo también que escribir no es sino reescribir, tal y como ellos lo habían aprendido en uno de sus viajes a Europa, gracias a los contactos directos (por delante y por detrás) con cierto premio Príncipe de Asturias. Luego, para rematar, uno de los dos parafraseó a Borges, sin querer tal vez o sin saber. "Soy todos los autores que he leído", dijo, con la mirada troposférica y dando trompicones rumbo al baño, en busca de alivio para tan gravosa carga. Entretanto, él fantaseaba. Y en forma tal que antes de concluir su turno en el restaurante aquella noche ya habría resuelto leer a todos los escritores en los que más temprano que tarde iba a intentar convertirse.

UNO

¿Un prejuicio? Desde luego que sí. Pero no le parece infundado. Tal y como van las cosas, si no lo ven, no existe. Y para ser visto no es suficiente con que lo miren. Quizás no ocurra verdaderamente así, pero es como él lo está percibiendo. La idea de no ser visto lo empuja a sentirse como un fantasma. Por eso también es intrigante lo que viene ocurriéndole con esa fotografía desde la cual Ella no sólo lo mira, sino que lo perfora de lado a lado con sus ojos que de pronto semejan dos sopletes. Se da la paradójica ecuación: unos lo miran superficialmente mientras la otra lo atraviesa con la mirada, pero en definitiva son dos maneras de no verlo, por más contrapuestas que se manifiesten.

También divergen, con análogo resultado, el modo en que lo miraban durante los últimos años que vivió en La Habana y este con que empezaron a mirarlo en Miami, no cuando estuvo de visita durante un par de semanas (único período en que cree haber sido visto más o menos), sino tan pronto determinó quedarse a vivir aquí. Igual que no lo veían allá, no lo ven hoy en Miami. Y si lo piensa bien, casi puede concluir que el problema en La Habana era más comprensible (o menos sorprendente) que el que está encarando aquí. No es que sus amigos, colegas y conocidos de allá no lo vieran, es que ni siquiera lo miraban. Volteaban la cara hacia el lado opuesto tan pronto aparecía en su radio visual, impelidos por el miedo a ser descubiertos dispensándole no ya un saludo, ni siquiera un leve vistazo. Ahora, en cambio, no es que eviten mirarlo sus viejos y nuevos conocidos miamenses, escritores por lo general. Es que no reparan en su presencia, puesto que al parecer andan siempre apremiados por la necesidad de que los miren a ellos. Y no es solamente que les importe más ser mirados que mirar. Es que incluso parece importarles más ser mirados que leídos. De otra manera no se explica esa insistencia con la que exhiben sus imágenes en las redes sociales, o el regusto de fotografiarse en grupo, como dulces delfines adiestrados, apenas coinciden en cualquier sitio. Entonces el problema básico no es que no lo vean a él, es que no se ven entre ellos mismos, por más que les plazca juntarse en las tertulias y en las presentaciones de libros, donde se abrazan todo el rato y se dan palmaditas en los hombros compartiendo fútiles recensiones mientras llegan y viran los elogios de ocasión. Claro que después de tanto vodevil no queda nada. No obstante, las escenas que observa aquí son menos indigestas que las de allá. O a él le desagradan menos.

En La Habana sí que se le viraban al revés las tripas ante el comportamiento de aquellos ex amigos escritores. Por vergüenza ajena, o por repugnancia y hasta por un poco de lástima. En cambio, la contingente frivolidad de sus nuevos cofrades miamenses puede llegar a divertirle. A veces juega a imaginar a Beckett o a Gombrowicz o a Schulz o incluso al propio Lezama formando parte de la sociedad literaria de los cubanos en el sur de Florida, siempre prestos a retratarse junto a otros escritores más exitosos que ellos, para que los demás vean la buena sombra que les cobija; y siempre dependientes de los likes que consigan en las redes sociales como vehículos para promocionar sus obras. Le da risa pensarlo. Pero enseguida vuelve a ponerse serio. Pensar demasiado equivale a dudar demasiado. Y no quiere dudar de sus posibilidades de triunfo como escritor de catálogo, aun cuando tenga que hacer lo que se precise para ir amasando su propia colección de likes.

Sabe de sobra que ello no será suficiente para evitar el fracaso, toda vez que en este tipo de faena ganar o perder ante los demás no significa necesariamente ganar o perder ante uno mismo. Pero algo sí le queda claro y es que al margen de lo poco que pueda influir el juicio ajeno en su autovaloración como escritor, no hay dudas de que ahora necesita esos likes para mantenerse en la contienda.

Ya que no ha conseguido descifrar los mecanismos para obtener dinero con sus libros, le urge seguir colocando algún que otro artículo en publicaciones que le ayuden a cubrir ciertas necesidades de apuro. Nunca alcanzará para situarlo a salvo del fracaso, pero al menos le mantienen a flote. Fracasar ante los demás puede carecer de importancia para él mientras sepa que cuenta con reservas para seguir intentando sacar la cabeza. Implicaciones dramáticas le traería darse por vencido, lo que es decir aceptar la derrota ante sí mismo. De igual forma que la certidumbre del fracaso no puede vencerlo siempre que no anide en su propia conciencia, existe otro peligro aún mayor con el que tendrá que vérselas. Y es el hecho de que con tal de no sentirse un fracasado ante sí mismo ceda frente a la disyuntiva de agradar a los demás a cualquier precio. En eso también ha pensado, y le preocupa, pero no puede remediarlo. Por juiciosa que le parezca aquella advertencia de William Gaddis, según la cual los escritores deben ser leídos y no vistos, la verdad es que Gaddis estudió en Harvard, no tuvo que huir de su país y jamás se vio abocado al desalojo por no pagar la renta a fin de mes.

OTRO

Ser un escritor con buenas ventas. No era un objetivo tan desatinado como sí lo hubiera sido proponerse ser un escritor de verdad, dadas las circunstancias de lugar y de tiempo. En todo caso, tal vez le iría mejor que siendo camarero, si es que finalmente lograra mantener la plaza, algo sobre lo que abrigaba grandes dudas. Tampoco es que dejase de reconocer la suerte que había tenido al conseguir aquel empleo en El gato volador, que en buena ley estaba sirviéndole de plataforma para el despegue. Allí, con la bandeja entre las manos y la oreja parada, pudo dedicarse a cazar detalles de cuanto comentaban entre sí los poetas de plantilla vitalicia en las antologías y los narradores exportables, comensales asiduos del restaurante, adonde iban a entroncarse en la voraz comunión de sus espíritus.

Permanecer varias horas al día en un sitio tan especial, al atisbo de cada agudeza o de cada iluminadora confidencia que entre hipo y eructo echaba a volar aquella crema, orgullo de la cultura nacional y su más digna representación en ferias y en conferencias al otro lado del océano, iba a ser a la postre el golpe de gracia que necesitaba para encaminar sus nuevos planes. Por lo demás, creía estar cualificado técnicamente para asumir el reto. Contaba con el adelanto de haber pasado por la facultad de periodismo de la Universidad de La Habana, donde le impartieron lo básico para describir glorias productivas y parafrasear los discursos de aquel que resumía en sí mismo el qué, quién, cuándo y cómo de todas las noticias. Le parecía adecuado para el inicio, aunque no fuera una ventaja interestelar. El resto de su formación intentaba completarlo entre los anaqueles de librerías de viejos, ojeando antiguos íconos mientras más olvidados mejor, a ver si pellizcaba por aquí y por allá los ingredientes de futuras tramas y las técnicas de mimesis imprescindibles para hacerse de un estilo propio.

Precisamente en alguna de esas exploraciones había descubierto la existencia de E. Taylor Cheever, deliciosa creación de Patricia Highsmith. Y luego, para el remate, conoció a Leopoldo, un personaje de Augusto Monterroso. El primero había llegado a firmar numerosas novelas hechas y derechas desde el título hasta el punto final, pero sólo en su cabeza, pues se negaba a escribir de otra manera que no fuese pensando, sin trazar ni una letra. El segundo desdeñaba tanto la fama que nunca terminó un cuento, a veces ni siquiera lo comenzaba. Cheever había empezado por la resolución de no sentarse ante la máquina hasta no tener bien concebido todo el plan de sus novelas. Pero después se dio cuenta de que era ocioso escribirlas, toda vez que ya había disfrutado el placer de construirlas en la mente. Por su lado, Leopoldo sólo tenía amigos escritores, pensaba, hablaba, comía y dormía como escritor (igual que los comensales de El gato volador), y aunque le aterrorizaba sentarse ante la máquina, de vez en cuando lo hacía para registrar datos y temas; incluso,

en más de una ocasión llegó a iniciar la redacción de alguna que otra obra, pero entonces se le ocurría una nueva, y así las iba dejando todas a medias. En un primer arranque él había sentido pena por estos personajes que desperdiciaban el talento, pudiendo, como evidentemente podían, hacer dinero con sus libros. Luego, lo pensó más detenidamente y se dio cuenta de que mayor debía ser la pena que inspiraba él mismo sirviendo platos llenos y retirándolos vacíos en un restaurante en el que malamente tenía acceso a los huesos que decía recoger para el perro aunque en realidad eran para la sopa de su próximo almuerzo.
Le resultaba comprensible que Cheever y Leopoldo no se hubiesen lanzado a enfrentar el desafío de la escritura, ya que el escenario en que les tocó actuar era muy diferente al suyo. Pero él se veía entre la espada y la espada. Tarde o temprano volvería a quedarse sin empleo, bien porque lo despidieran al sorprenderlo robándole los huesos al pastor alemán del dueño, bien porque las autoridades clausuraran el restaurante al descubrir que en lugar de doce sillas, como disponía la ley, habían utilizado trece, debido quizás a que a cierto poeta de gran peso no le cupieron las asentaderas en un solo asiento. Así, pues, no habría dubitaciones que valieran para él. Precisaba de una fuente de ingresos independiente y estable. Y la que más cerca parecía quedarle era la de convertirse en escupidor de bestsellers para conquistar el mercado editorial, el verdadero, quiso decir, no el de su país.

Tampoco tiene que morderse la lengua. Si no dispone de interlocutores, habla solo. Entrenamiento no le falta, luego de los más de veinte años que vivió en La Habana bajo un cerco que apenas le dejaba margen para hablar con el espejo. Todo consiste en estar preparado, se dice para sus adentro, posiblemente recordando a Hamlet. Ahora mismo, mientras reflexiona, no está haciendo otra cosa que hablar, sin que para ello necesite remontar los lindes del pensamiento. Hablamos constantemente de una u otra forma, aun sin mover las quijadas, porque se trata de algo tan connatural que tal vez ya no requiera ser viabilizado por los engranajes de la conciencia. Es como el acto de abrir los ojos cuando despertamos, o como la manera en que el agua corre automáticamente al caer sobre una superficie plana. Los filósofos han abordado esta cuestión pero empleando demasiadas palabras. Y no siempre tan atinadamente como pudiera parecer. El hombre es hombre en cuanto que es capaz de hablar, habría sentenciado Heidegeer, olvidándose de los mudos, o tal vez no, ya que los mudos hablan con las manos, aunque sí pudo pasar por alto muchas expresiones del habla que ni siquiera provienen del ser humano. Pongamos ciertos crepúsculos embelesadores hablándonos tan nítidamente que ni oídos necesitamos para escucharles, o los elocuentes movimientos del rabo del perro. La persona es persona en cuanto que es capaz de comprender aun lo que no se le dice con palabras. Él piensa que esta sentencia puede ser más pertinente que la de Heidegeer.

¿Acaso ya no se había entendido antes con sus iguales el primer Homo sapiens que habló sobre la tierra hace cientos de miles de años? Porque alguien tuvo que pronunciar la primera palabra, digamos que para empezar a comunicarse más funcionalmente, pero ello no descalifica la asistencia de otros modos de comunicación tan útiles como el lenguaje verbal y además muy anteriores. En fin, este es el momento en que tendría que volver a llamarse a capítulo, puesto que no quiere pensar demasiado para no seguir acumulando dudas. Algo que también le ocurre por culpa de la fotografía donde aparecen los tres, pero solamente Ella intenta hablarle, con los ojos por lo general, aunque no siempre.

Esta mañana, por ejemplo, cree haberle notado la intención de hablar con él tan comúnmente como lo hacía en aquellos ratos memorables que pasaron juntos en La Habana. Había sacado la foto de la gaveta con la idea de echarle una ojeada y volver a guardarla, porque se pasó toda la noche soñando con Ella. O no con Ella sola. Estaban los tres sentados en el muro del Malecón, pero Ella era la única que hablaba, mientras ellos dos, Uno y Otro, hacían en el sueño lo que siempre hicieron, aprobar con un movimiento de cabeza pero con la mirada perdida en el horizonte, cada cual inmerso en sus asuntos: Otro, probablemente tratando de procesar las glosas que escuchaba al vuelo entre los comensales de El gato volador; y Uno, renegando, como de costumbre, de las circunstancias en que se le ocurrió ser novelista en un entorno en el que casi nadie leía (incluidos los propios escritores), tal vez porque la cifra de poetas y narradores sobrepasaba ya la de lectores, en tanto eran oficios idóneos para no trabajar pero manteniendo un empleo y un sueldo estables, y aun sin que le faltaran ciertas consideraciones especiales y hasta una discreta respetabilidad, siempre que no violasen las reglas impuestas por el empleador, que era el gobierno. Ella hablaba y hablaba, hasta por los codos, no podía abstenerse de airear todo el fluido de su linda testa. Pero a ellos dos les gustaba escucharla, por más que bromearan diciéndole que su chachareo les producía modorra, como el tintinar de la llovizna.

Y fue precisamente hablando como volvió a verla en el sueño de anoche. De modo que al despertar esta mañana no pudo aguantar los deseos de sacar la foto de la gaveta para dedicarle un breve repaso. Y obviando las otras dos imágenes, fue directo al encuentro con Ella. Entonces descubrió, presintió, intuyó que se disponía a desenroscar otro de sus habituales sermones, con la diferencia de que esta vez las palabras podrían llegar hasta él no como el tintineo de la llovizna sino como ráfagas de un tornado.

Por suerte, se le estaba haciendo tarde para ir al trabajo. Así que engavetó apresuradamente la foto y salió a todo lo que le daban las piernas. Es un empleo que acaba de conseguir en un supermercado, el

Sedano´s de su barrio, y donde quiere quedar bien, pues, aunque pagan poco, le ayuda a evadir la sequía económica. Cierto que no le deja tiempo para escribir, pero sí para pensar en los temas que escribirá cuando pueda, ya que su única ocupación consiste en recoger los carritos de las compras que los clientes abandonan en el parqueo después de usarlos para llevar las mercancías hasta sus automóviles. El hecho de contar con esos modestos pero fijos ingresos mientras aguarda por noticias de las editoriales, no sólo le proporciona distensión para los nervios y mitigación para el estómago, también le ayuda a comprender mejor las reglas del juego dentro de lo que ha tenido a bien asumir como escenario para el replanteamiento de su oficio y como plaza en la que espera ver multiplicado el número de sus lectores. Por lo demás, si bien debe permanecer callado durante las horas en que trabaja, no porque se lo exijan sino por falta de interlocutores, ello no le priva de pasarla muy entretenido escuchando las más variopintas conversaciones a su alrededor. Y a la vez le propicia sustanciales intercambios, mediante criterios que escucha en alta voz y responde en silencio. Espero con ansias el día en que podamos vivir sin la obligación de trabajar, le comentaba hoy un cliente a otro en las afueras del supermercado. Era alguien que sin duda estaba al tanto de aquello que dicen que dijo Marcel Duchamp, cuyas atrevidas elucubraciones él también ha disfrutado. Aunque con este lance presume que el francés no dio en la diana. Por más atractiva que parezca ser la llegada de ese día en que la gente no necesite trabajar para vivir, él duda que los beneficios resulten mayores que las desventajas. Y conste que su reparo no se afinca en la mera teoría. Más que suficiente conoce y ha padecido las consecuencias del experimento de ingeniería social con el que fue condicionada en Cuba la vagancia en tanto estrategia de dominio político sobre las multitudes.

La gente en la Isla no tiene que trabajar para vivir porque en realidad no vive, apenas subsiste instalada en las fronteras de lo infrabiológico, toda vez que sus capacidades generativas han ido mermando a la par de su disposición para emprender motu proprio cualquier ejercicio creador. Se comportan como protocélulas dentro del tejido socioeconómico, sean cuales fueren sus profesiones u oficios, incluidos los escritores, tal vez podría decir que empezando por los escritores. Por eso ha encontrado interesante que la mayoría de los miembros de la sociedad literaria de los cubanos en Florida sean escritores de tiempo extra mientras en los horarios convencionales se dedican a ejercer diversos empleos para ganarse los frijoles. Nadie tiene asegurado nada que no dependa de su esfuerzo directo o de su ingeniosidad para encontrar el filón. Y a él le parece alentador. Claro que preferiría ser millonario para poder consagrarse a la literatura sin otras ligazones ni compromisos que no sean los que le salen de adentro. Pero como no lo encuentra factible al menos en la actual encarnación. Y ya que tampoco confía en que podrá regresar a Miami después de muerto, reencarnado y nuevo de paquete como si tal cosa, entonces no vislumbra otra vuelta que darle al asunto. Tiene que doblar el lomo en el Sedano´s o en lo que aparezca, mientras escribe (si puede y como pueda) en tiempo extra, y tomándose a bien cada oportunidad de acumular los oxigenantes likes.

OTRO

Aunque no estuviese apto para ser profeta en su tierra, iba a serlo al menos con respecto al empleo en El gato volador, donde más temprano que tarde lo dejaron cesante. El administrador le dijo muy escueto que el motivo de la cesantía era no haber hablado claro en la entrevista previa a su contratación como camarero. De conocer oportunamente que él había sido expulsado de su anterior empleo como periodista porque incurrió en la frivolidad de escribir e intentar publicar un elogio de la glasnost, jamás le habrían permitido pertenecer al equipo de aquel restaurante, que era una entidad estratégica, fragua del arte y la literatura revolucionaria, lo que es decir de la conciencia crítica de la sociedad. El argumento pudo hacerle gracia si no le hubiese caído arriba de sopetón y tan pesado como un hipopótamo con hipotiroidismo. De cualquier manera, tuvo el buen juicio de no desgastarse hablando de más sobre una decisión que ya estaba tomada (el diablo acecha en los detalles, pensó); y como al mismo tiempo estaba convencido de que no valdría la pena volver a gestionar nuevos empleos que no iban a concederle, se dispuso a buscar refugio en la idea de que aquella expulsión del seno de la república literaria cubana podría representar la sacudida que él necesitaba, el reactor que al fin lo impulsaría hacia la conquista del gran ámbito internacional del bestseller.

Así, pues, fue a encerrarse en su cuarto, le pasó tranca a la puerta y se puso a escribir a toda máquina, con tales reservas de jugo creativo –por así decirlo- que pasados seis meses, ya había concluido su primera novela, escrita de verdad, en blanco y negro, para desagravio de Cheever y de Leopoldo. Era una trama con jineteras, por supuesto, titulada Tristezas de mi puta memoria. Sin embargo, no pudo publicarla, otra vez por culpa de su talante sacrílego. Aunque no obedeció a un plan consciente por parte suya, esta novela demostraba que si bien las jineteras eran básicamente un fruto de las múltiples miserias en las que cierto comunismo criollo había sumido al país, su razón de ser, o sea, su mercado, se sostenía con los euros de los comunistas y de la progresía política de Europa. Descuido craso. Por falta de experiencia en aquellas bregas, él había pasado por alto que las más solventes editoriales y los concursos literarios europeos son regentados mayormente por individuos o grupos de izquierdas, a los cuales el asunto de las jineteras cubanas podría interesarles como producto comercial, pero siempre que fuera enfocado desde el glamur, el exotismo, la óptica colonial, y no como él había pretendido hacerlo, escarbando in sito entre las cenagosas razones políticas que fundamentaron su auge. En resumidas cuentas, no le quedaría otro remedio que engavetar de momento aquel primer engendro, al tiempo que se empeñaba en convertir el revés en catapulta.

Con la segunda novela, entre futurista e hiperbólica, se dedicó a fantasear en torno al derrocamiento del sistema totalitario en la Isla. Era una especie de fábula de inspiración orwelliana, aun cuando a través del título, Remeneo en el corral, se apreciaba el toque de genuina identidad patria. Él estaba convencido de que para esta obra no existía un mercado editorial tan idóneo como el de Miami, pero su amigo Uno le reventó la burbuja al explicarle que, para imponerse como escritor de buenas ventas dentro de la sociedad literaria de los cubanos en el sur de Florida, requería ante todo que su nombre y sus libros hubiesen transitado antes por alguno de los grandes circuitos comerciales de Europa. Así que no le quedó otra que arrimar a la orilla su segunda criatura y empeñarse en la redacción de la tercera, Los primos se despiden, con la que, según le habían aconsejado, intentaría explotar el tema de las nostalgias de los hijos, ahijados, sobrinos, primos, sobrinos de los hijos y primos de los sobrinos de reconocidos adláteres y funcionarios del arte y la cultura en la Isla. Este asunto era pan caliente –le dijeron- porque en el extranjero vivían no pocos hijos, ahijados, sobrinos y primos que estaban excelentemente conectados con el firmamento editorial, las universidades y los medios de difusión, y que, no obstante, lo bien que les iba alejados de la realidad del villorrio, no renunciaban a ciertos apegos digamos del alma con el monopolio sectorial dentro del cual habían crecido. La novela entonces parecía condenada a ser

otro tiro por la culata. Quienes le aconsejaron escribirla no previeron que aquella ilustre parentela podría interpretar como una blasfemia que él, un infeliz venido a menos, se atreviese a hincar el diente en sus añoranzas y en su jurisdicción como privilegiados siervos de la gleba. Todavía más, considerarían francamente irracionales los esfuerzos de aquel advenedizo por convertirse en un escritor de buenas ventas sin presentar siquiera los inexcusables créditos de apellido o de padrinazgo o al menos algo que diera fe de su cercanía al linaje de El gato volador.
En fin, otro disparo con el que no iba a impactar ni en la sombra del blanco, pero que tampoco haría mella en sus planes. Sentirse lejos de la meta –se dijo- no era sino un aliciente más para acelerar el paso. De manera que le tocaba continuar echando las asaduras ante la vieja máquina de escribir Olivetti, tan veloz y resistente como la bicicleta china por la cual la había canjeado. Y fue justamente así, casi sin levantar los dedos de las teclas durante semanas y meses, como llegó a elaborar la que estuvo a punto de convertirse en su apuesta más prometedora: Los casos y cosas de María la Condesa, una serie de cuatro novelas cuyo protagonista (chandleriano y montalbano injerto de Víktor Burakov en la Caperucita Roja) se dedicaba a investigar crímenes y a ilustrar, por contraste, lo amena que parecía ir la fiesta antes de la revocación del baile del cangrejo, perpetrada por un tal Gorbachov. Sin embargo, tampoco tuvo suerte esa vez. Las editoriales

europeas alegaron que lo sentían mucho pero otro escupidor más oportuno y mejor palanqueado le había tomado la delantera.

Entonces escribió Veinte mil viejas de lengua submarina, una novela báquica, homoerótica y lésbica, dada a recrear intimidades de los cofrades de El gato volador. Después, entre sorbo y sorbo de manzanilla antidiarreica, escribió Bukowski ensucia trilogías en La Habana. Escribió sobre el son y la salsa, en un proyecto a dos manos (o tal vez a ocho, a veinte...) con musicantes y promotores que le cobraban tantos intereses por el libro que, de incurrir en su publicación, hubiera quedado debiéndoles dinero de por vida. Escribió sobre orishas, druidas, espías y balseros. Intentó hilvanar alguna trama a costa del excelso legado barroco, pero no pudo avanzar más allá de los párrafos iniciales porque se asfixiaba sin ser asmático. Escribió sobre los malos años cincuenta. Escribió sobre mujeres exiliadas que vuelven de visita y lloran. Pero nada, no daba pie con bola. Como si pretendiera cargar agua en un colador. Su amigo Uno le reconvino diciéndole que el principal problema era que cuanto sucedía en sus libros estaba relacionado con la política. Él sospechaba que ese problema no era suyo ni de los libros sino del mundo. Así que se limitó a responder que todo suceso digno de papel y tinta guardó siempre relación con la política, desde el Kamasutra hasta las Sagradas Escrituras. Otro amigo, exitoso vendedor de viandas en la plaza de Cuatro Caminos, también quiso ayudarlo revelándole el secreto de la profesión: Tu error no es tuyo, es de la época –le dijo-, ahora todo el mercado se satura con productos baratos, vendidos al bulto, y eso no es bueno para el negocio; la mercancía hay que venderla de acuerdo con su peso específico o estar dispuesto a dejarla pudrir. No iba mal encaminado este corolario del viandero. Incluso le recordó algo que recién había descubierto en una librería de viejos, una suerte de axioma desgranado por uno de esos genios del aforismo, según el cual la persona no creativa puede atribuirse una fuerza superior a la de quienes crean, ya que éstos sólo poseen el poder de crear, y los otros disponen del mismo poder, pero tienen además el poder de renunciar a crear. Cierto. Y no estaba mal. Pero la renuncia no era ya una opción para él, convertido en polvo dentro del voraz remolino.

UNO

Podría ser descomunal la cantidad de libros que se escriben para personas que no leen. Luego resulta que esos mismos libros parecen constituir el principal sostén económico de las grandes editoriales. Qué desaguisado. Libros que presumiblemente no son leídos, puesto que no se escribieron para lectores activos, terminan registrando los más altos niveles de venta en el mercado. ¿Pero quiénes son los lectores activos? ¿A qué lectores se refieren las estadísticas cuando aseguran que en tal país lee un determinado por ciento de la ciudadanía? ¿Cómo los contaron? ¿Será por la cantidad de libros que fueron vendidos? ¿Pero de qué manera se comprueba que todos aquellos que compraron libros los leyeron realmente? ¿Acaso no se sabe desde siempre que no dicen la verdad muchos de los que afirman ser lectores habituales o que han leído ciertas obras? Es curioso, en un mundo donde a la gente cada vez le importa menos leer, el ejercicio de la lectura continúa siendo sobrestimado hasta extremos en que provoca la mentira como convención social. A propósito, ahora que ha estado dándole taller a estos asuntos mientras rescata los carritos abandonados por los clientes en el parqueo de Sedano´s, y ya que las preguntas que va dejando en el aire son tantas como los carritos regados, se le ocurre que tal vez sería oportuno que se preguntara a sí mismo cuánta ganancia puede reportarle que continúe sacrificando los escasos ratos libres en la escritura de libros con la ilusión de conquistar un nicho dentro de ese mercado editorial que se muestra cada vez más incierto.

La respuesta sencilla es que su mayor ganancia (alegórica) radica precisamente en escribir, pues, toda vez que ha venido haciéndolo desde que era un adolescente, no sabría qué otra cosa hacer si no escribiera. Aunque esa es sólo la respuesta sencilla, porque hay otras que le exigirían exprimirse el cerebro, y es justo lo que no quiere, ya que pensar en exceso le infla el nódulo de la irresolución. Además, a estas alturas del juego pensar en el futuro le parece tan peregrino como embotellar bostezos. Dada la coyuntura, ha resuelto admitir que el presente es eterno, no por creer que lo sea verdaderamente, sino porque ningún otro tiempo se muestra al alcance de la mano, por así decirlo, en tanto el pasado debió quedar detrás y el futuro es intangible como Ícaro la estrella azul. Su día a día, con todo lo vacío de esencia que pueda discurrir, representa el único instrumento de que dispone para medir la realidad. Algún aviso cree haber sacado en limpio de las cavilaciones de cierto filósofo muy serio, por más que sus presupuestos no dejen de parecerle socarronamente cómicos. De acuerdo con este filósofo (austrohúngaro, como para que lo tomemos con mayor seriedad), planificar el futuro es digamos como guardar dinero en un bolsillo roto, puesto que la existencia, tal y como tendemos a enfrentarla, no es sino ausencia de vida. Un razonamiento desasosegante,

considera él, porque si el aquí y ahora resultan engañosos, ¿qué podrían reservar para después?
Claro que si el austrohúngaro se hubiese visto en la necesidad de arrastrar los carritos de las compras en el parqueo de un supermercado a razón de ocho horas por día, incluidos sábados y domingos, quizás lo habría razonado despacio antes de concluir que la vida es ficticia. No en balde él abriga dudas sobre la inexistencia del presente. No son nada irreales los dolores en la región lumbar que le ocasionan esas largas jornadas arrastrando carritos. Incluso, si bien lo mira, tampoco tendría por qué aceptar que el pasado queda atrás. No siempre, por lo menos. ¿O no fue su pasado el que lo trajo de la mano hasta el presente miamense? Todavía más, ¿no es el pasado el que invade su cuarto cada vez que abre la gaveta y tropieza con los perturbadores ojos de Ella? Aun cuando sea verdad como un templo eso de que no recibimos las miradas de los demás desde el mismo plano en que las emiten, él se atrevería a jurar que cuando sus ojos se encuentran con los de Ella mediante la fotografía, el choque no ocurre únicamente en tiempo actual, sino que acarrea una obvia convergencia entre pasado y presente, ambos actuando unidos, por muy de lamentar que le resulte. Por otra parte, si no fuera por la validez del bagaje que le acompañó desde su pasado como escritor, no le sería factible soñar siquiera con la conquista del ansiado nicho en el mercado editorial. Tampoco es que lo esté

ayudando mucho ese bagaje, pero si alimenta su sueño, ya es algo para el comienzo.

Recuerda que Flaubert anotó en algún momento que escribir entraña una manera muy especial de vivir. Pues, en eso él cree que las rentabilidades del pasado también le ayudan a situarse en perspectiva. Ya que se adiestró para abordar todos los géneros y temas de escritura, es equitativo que ello le llegue desde atrás para asistirlo en la búsqueda de una mejor vida. Habilidades no le faltan y disposición le sobra. El resto, lamentablemente, no depende del pretérito sino de lo que él sea capaz de hacer por su cuenta en este presente digamos renovado, cuyas reglas no pudo prever, quizás por atenerse más de lo debido a otra premisa de Flaubert, según la cual el supremo fin de un libro es su escritura y no su publicación. No es que no sea verdad. O no del todo. Lo es o no en correspondencia con el fin que cada escritor persiga al escribir un libro. Él mismo, para no ir lejos, ya estuvo explorando la posibilidad de escribir libros cuyo supremo fin fuera publicarlos y además bajo la firma de otras personas, falsos autores. Quiere decir que se planteó convertirse en escritor fantasma.

Conocía la existencia de esta especie de mercenario de la palabra escrita, cuya labor, aunque es muy antigua (quizás desde los tiempos de Homero), tomaría especial relieve en el siglo XIX, gracias en gran medida al proverbial caso de Alejandro Dumas, quien, según se cuenta, escribió El conde de Montecristo y casi todas sus obras con la ayuda de escritores fantasmas, o gosthwriters, o negros literarios, como también se les llamó justo a partir de Dumas. Aun cuando él conociera esta historia, no se le había ocurrido pensar en el gosthwriter como un oficio en alza durante nuestros días. Así que se desayunó en Miami con la noticia de su apogeo, cuyos efectos son más recurrentes y extendidos cuanto menos se reconocen por las muchedumbres, igual que los del cambio climático. Supo incluso que en esta misma ciudad existen varias agencias o corporaciones que se dedican a contratar legalmente las habilidades de negros literarios para que redacten libros que luego se comercializan como si fueran escritos por figuras públicas (políticos, deportistas, actrices y actores, empresarios...), que no serían capaces de hilvanar, frente al teclado, dos oraciones coherentes. Y por supuesto que no tuvo que pensarlo mucho para brindar sus servicios profesionales a esas empresas. La situación no le dejaba los más mínimos márgenes para el titubeo. Ni para el candoroso prurito.

¿Acaso son pocos –se dijo- los grandes de la literatura cuyos nombres aparecen vinculados con el quehacer del negro literario, sea porque los utilizaron para que escribieran bajo su firma o porque ellos mismos escribieron bajo las firmas de otros? Desde el insigne Dickens hasta Rubén Darío, o el Premio Nobel Sinclair Lewis o Moliére o Lovecraft o Blasco Ibáñez... Ni el propio Shakespeare se libró en su momento de la sospecha de haber actuado como gosthwriter. Hay escritores de renombre que admiten incluso haber sido fantasmas de fantasmas, escribiendo para otros escritores que a su vez vendían la autoría a terceros. Claro que dadas sus circunstancias, él no habría necesitado apelar a este recordatorio como elemento tranquilizador. Debía hallar con prontitud una fuente económica que le permitiera mantenerse a flote mientras aguardaba por las respuestas de editoriales y agentes literarios a los que había presentado adelantos de varios libros suyos. Supuso que la posibilidad de ser aceptado como gosthwriter era más bien remota, no obstante sus obras publicadas cuando vivía en La Habana, más algunos premios que jamás le sirvieron ni de consuelo. A derechas él no lograba entender qué beneficios concretos genera a esas empresas el trabajo de los escritores fantasmas en una época en la que, por muy mal que escriban las tales figuras públicas, pueden redactar sin riesgos ellas mismas sus biografías y sus ideas vacuas, puesto que a los compradores les basta con que el libro lleve su firma, exceptuando los escasos ejemplos de aquellos que además de comprarlos, llegan a abrirlos y los ojean en busca de chismes y otras zonceras. Con todo, no lo pensó dos veces para aspirar a convertirse en negro literario, llevando por delante aquello de nec spes nec metu (sin miedo y sin esperanza), que, según se dice, era el lema de los gladiadores en Roma.

En definitiva, si no lo aceptaban, no iba a ser el primero ni el más sorprendente de los rechazos que experimentaría en su nuevo escenario de batalla. Decepciones mayores había recibido antes. Por ejemplo, cuando creyó que su currículum y su probada experiencia como reportero, articulista y analista político le abrirían ipso facto las puertas en los periódicos y en las revistas o en las emisoras de radio o en los canales de la televisión miamenses. Sin embargo, todavía hoy continúa esperando que al menos uno solo de estos sitios responda a su solicitud de empleo, aunque sea para decirle que lo sienten pero no tienen cupos. No es difícil lograr, desde una cierta distancia, que parezca fácil lo difícil. Eso debió advertirlo algún sabio de la Antigüedad. Y algo parecido le advertiría a él un sabio callejero de La Habana cuando estaba a punto de partir rumbo al exilio. Por muy color de rosa que te lo pinten desde lejos –le sentenció- ya irás notando, al acercarte, sus pespuntes grises. Y en efecto, nadie le había dicho que todas sus capacidades profesionales, junto al crédito de su obra, no iban a resultar más que letra muerta si no disponía de un amigo, un pariente o un garante que le allanara el acceso a esos empleos. Tampoco le dijeron que la gran mayoría de los posibles amigos, parientes o garantes viven aquí tan sumergidos a fondo en sus asuntos que no les queda lugar para atender los del prójimo. Y menos cuando los solicitantes son recién llegados que ejercen una profesión igual a la suya, por lo que automáticamente pasan a convertirse en competidores, así que, aun cuando ellos no lo pretendan o ni siquiera lo hayan concientizado, prefiguran en la práctica una amenaza en germen. La conclusión es que hasta hoy él sigue esperando, no porque sea normal que en esos medios se demoren tanto para rechazar una solicitud de empleo, sino porque presume que aún no han leído la suya, lo cual le anima a confiar en que algún día la leerán, aunque sea por casualidad.

Y según lo visto, otro cuarto igual se alquila respecto a las agencias que se dedican a contratar negros literarios, ya que tampoco se han dado por enteradas de su propuesta. Es lo que iba a comentar con Ella esta mañana, cuando –como ya va siendo habitual- se dispuso a echarle un vistazo antes de ir a recoger carritos en el parqueo de Sedano´s. Pero tuvo que abortar en seco su comentario, pues apenas extrajo la fotografía de la gaveta, notó que Ella retraía los labios como queriendo aguantar la carcajada. Y de seguida, le pareció que su rostro se sonrojaba mientras movía la cabeza levemente, dejando de mirarlo para fijar los ojos en la lejanía, al tiempo que esbozaba una tenue mueca, o tal vez una sonrisa que él no fue capaz de definir si era de vergüenza, resentimiento o burla.

OTRO

Decididamente aquel proyecto no avanzaba. Y el hecho de que no estuviese dispuesto a rendirse, poco o nada debió obedecer a su fe en el porvenir, sino a su indeliberada proclividad a navegar contracorriente. Igual que el pintor que, al fallarle la escalera, no le queda sino agarrarse de la brocha, a él le urgía continuar empleándose a fondo atenido al milagro de la levitación. Pero al mismo tiempo, como las tramas librescas no llenan la barriga, ni aun las de aquellos libros pertenecientes a lo que mal llaman literatura alimenticia, se sentía empujado a agenciarse un eventual modus vivendi. Fue en medio de tales circunstancias cuando le cayó en las manos Hambre, una novela al parecer muy exitosa en épocas anteriores, con la que había tropezado en una librería de viejos. Se la llevó a su casa oculta debajo de la gorra, no porque conociera de antemano el argumento de la novela, ni al autor, sino por una corazonada procedente de las tripas más que del corazón. Pero al final le resultaría útil leerla, sobre todo porque el protagonista era un escritor anónimo como él, apremiado por hallar el modo de hacer valer su talento y por calmar las demandas del epigastrio.

Incluso sin que pudiera explicarse la interconexión, fue justo después de leer esa novela cuando se le ocurrió incursionar en la venta de durofríos sin licencia. A media mañana introducía una curva de suspense en el relato de turno y se dedicaba a preparar un gran cubo de limonada para después verterlo en pequeñas vasijas, situadas en filas dentro del congelador. Una vez congelado el contenido de aquellas vasijas, el postulante a escupidor de bestsellers salía pregonando por el vecindario sus durofríos a peso, pero sin dejar de pensar en el siguiente capítulo. Gracias a este soporte financiero, mantenido con mayores o menores sobresaltos durante varios años, llegaría a rubricar diecisiete novelas y 8 libros de cuentos, todos originales hasta donde ya se sabe que podrían serlo. Era sin duda un triunfo de la perseverancia y una muestra modélica de vocación digamos literaria por parte de un hombre que no perseguía la inmortalidad, sino que apenas se conformaba con demorar la llegada de la muerte en el mayor lapso de tiempo que fuera posible. Asimismo era una lección para tantos otros escribidores, potenciales o no, que en lugar de hacer catarsis escribiendo -aunque no fuese más que para el consumo de las polillas-, elegían suicidarse, ahogados en ron, o vender horóscopos en las colas frente a las embajadas, o aparecer en la televisión haciendo mudras con las manos y largando sentencias del tipo "Como bien dijera Noam Chomsky... ". No, él había apostado por el intrépido desafío de lo imposible, o de lo improbable cuando menos.

Lo malo es que seguía sin poder publicar un solo renglón. Nunca le gustaron los héroes. Le parecían patéticos. Consideraba que nadie escoge ser héroe, que la heroicidad es un subproducto (como las morcillas), elaborado a partir de circunstancias, pasiones, miserias u otros menudos móviles. Y he aquí que de improviso él mismo se veía en peligro de conquistar las aras del heroísmo, por su aguante, y hasta de trascenderlas para convertirse en mártir. Encima, por si no bastara, su temple sacrílego iba a emerger de nuevo, para hundirlo, por más que se anunciase envuelto en la piadosa certidumbre de que era para su salvación. Había empezado a recibir revelaciones acerca del caso inspirador de su obra maestra, destinada a garantizarle trascendencia ay post mortem. Habanos para los difuntos de Infanta es el título que iba a escoger para aquella novela basada en hechos reales que él intentaría verificar de cuerpo presente, exponiendo el pellejo (y algo más) como un auténtico cronista kamikaze.

UNO

Anoche, antes de acostarse, en vez de extraer la foto de la gaveta para ver con qué cara lo despediría Ella, prefirió releer algunas páginas de un libro cuya autora también lo remite indefectiblemente a Ella. Es Vidas conjeturales, una obra a la que Ella nunca tuvo acceso, aunque él está seguro de que le hubiese encantado, ya que era una entusiasta lectora de la suiza Fleur Jaeggy. Y eso que sólo alcanzó a leer un libro suyo, la novela Los hermosos años del castigo, a través de una versión en digital que alguien le envió a La Habana desde el exterior. Pero a él le consta que la leyó muchas veces, posiblemente más de diez, y además hizo que su hermano Otro también la leyera, por más que Jaeggy no cubriese las expectativas digamos literarias de Otro. Él, en cambio, sí había disfrutado la novela, e igualmente la releyó una y otra vez; en un principio por complacerla a Ella, pero después le fue tomando apego, y tanto que hasta llegaría a enamorarse de la propia escritora, quiere decir de su físico, o más bien de su rostro, que alguna vez vio en Internet mediante imágenes fotográficas que, según descubriría luego, la mostraban mucho más joven de lo que era. No gratuitamente se dedicaría a conseguir todos los libros de Jaeggy apenas se instaló en Miami, aun cuando la atracción física que ejerció sobre él en un inicio ya había pasado a ser deslumbramiento intelectual, nada más, nada menos, aunque tampoco está seguro de que no le siguiera (y aun le siga) dispensando una cierta adoración por carambola, en tanto amarla reafirma o justifica de algún modo su malogrado amor por Ella. Es en lo que estuvo pensando anoche, después de releer algunas páginas de Vidas conjeturales en un ejemplar que la más caprichosa casualidad (así se dijo) había puesto a su alcance, gracias al olvido de alguno de los clientes de Sedano´s que lo dejó abandonado dentro del carrito de las compras. Azar sobre el azar, sucedería a continuación que apenas empezaba a examinar el hallazgo, alelado por la sorpresa, cuando escuchó que alguien le interpelaba "¿leyendo en horario laboral?". Cerró el libro de un tirón y ya iba a disculparse y a explicar lo sucedido, pero entonces tropezó con el rostro sonriente de Olga. No debe ser su nombre real, pero así es como él la identifica, pues durante la semana que lleva trabajando en el supermercado la ha visto acudir día a día para comprar el mismo producto: una botella de vino francés Olga Raffault Chinon Les Barnabes. Va, compra únicamente la botella de Olga Raffault, y al pasar por su lado, en retirada, intercambia con él un amago de sonrisa empática. A veces ha estado entretenido recogiendo los carritos en el parqueo, pero Olga busca siempre la manera de ser vista por él y de acercársele lo suficientemente como para que note su media sonrisa. Es como si supiera que él debió aguantar más de una vez el impulso de preguntarle por qué compraba siempre lo mismo, por qué el vino y nada más, o por qué no compraba juntas las siete botellas de Olga Raffault que iba a consumir durante toda la semana. Una trivial curiosidad, sin duda, con todo y que si no se lo había preguntado ya es porque nunca llegaron a intercambiar ni una palabra. Aquella sería la primera vez y por supuesto que no iba a incurrir en el desliz de desaprovecharla. Se lo preguntó. Sin embargo, Olga se limitaría a elogiar con reticencia el vino francés. Lo que le interesaba, al parecer, era extenderse hablando sobre el libro que él tenía entre las manos. Y a él le hubiese agradado, pero no pudo complacerla, pues igual que no le era permitido leer en horario laboral, tampoco consentirían que desatendiera su trabajo por estar conversando. Así que optó por escucharla en silencio y mostrándose inquieto, hasta donde la elegancia se lo permitiera. Ceñir la charla a lo que Olga se le antojara decirle en unos brevísimos minutos era lo más que podía permitirse en aquel primer intercambio. Ni siquiera le aclaró que él también había leído el libro. Olga, por su lado, habló poco, pero todo fue muy sustancial y, lo mejor, le dio la impresión de que buscaba dejar el diálogo abierto a la espera de otras oportunidades más propicias. Después, en la noche, al abrir el libro, él iba a sopesar el beneficio que le proporcionó aquella charla. Hasta límites en que llegaría a experimentar por momentos la sensación de estar leyendo otra obra de Fleur Jaeggy. Eran los mismos ensayos sobre tres grandes escritores que había leído y releído en su ejemplar de Vidas conjeturales, pero le pareció como si hubieran sido reescritos para añadir observaciones y menudos datos sobre los que él pasó inadvertidamente en lecturas anteriores. Jaeggy ahonda en la anomalía como base para determinar singularidades de cada uno de sus personajes. Fue algo que le señalara Olga, y en efecto, juraría que a través de esa pista logró revalorar anoche, desde nuevos ángulos, aspectos de su interés, como las limitaciones que Thomas De Quincey enfrentaba para publicar sus libros, gran parte de los cuales dejó inéditos; o como la incógnita histórica que siempre ha gravitado en torno a la muerte de John Keats, provocada o precipitada, dicen, por una opinión negativa de la crítica sobre su extenso poema Endymion; o por qué la obra maestra de Marcel Schwob, Vidas imaginarias, pudo ser absurdamente ignorada por los lectores durante tanto tiempo, unos cuarenta años, es decir hasta el día en que Borges la descubrió y la imitó de paso, aunque afirman que para mejorarla.

Muy en especial Olga estuvo hablándole de Schwob, sobre lo mucho que se le desconoce y sobre cuán vigente es todavía hoy lo apuntado por Borges en el sentido de que a Schwob le tenía sin cuidado el éxito comercial y la aceptación pública, puesto que trabajaba a conciencia para los happy few, las minorías. Esto último se lo dijo Olga con un acento sutilmente enfático. Fue algo de lo que no se percató durante el intercambio, sino anoche, repasando los pormenores del encuentro. No era razonable que Olga haya hablado así para lanzarle una indirecta, pues no lo conoce y no está al tanto de las cosas que más le preocupan en las actuales circunstancias. Sin embargo, no ha podido abstenerse de tomarlo como una embrolladora casualidad, otra, aunque no la más intrigante, en modo alguno. Esa tuvo lugar en el momento de la despedida, cuando Olga iba ya en retirada, que fue cuando volvió sobre sus pasos para comentarle muy por lo bajo, como quien comparte un secreto, que entre los misterios que rodearon la existencia de Marcel Schwob, el que más le impresionaba era el concerniente a la obsesión que le condujo a sentirse perseguido durante mucho tiempo por la risa o el recuerdo de la risa de una muchacha muerta a la que había amado con tierna exaltación.

OTRO

Se había enterado por buena fuente de que un alto oficial de la policía en la ciudad era el controlador y el extorsionista principal de una red de travestís y de prostitutos varones con cuartel general en la heladería Bim Bom, situada donde hacen esquina las calles Infanta y 23, en el Vedado. Supo también que en los alrededores de aquel antro operaba, bajo las órdenes del mismo jefe, una pandilla de implacables sordomudos que durante el día se distraían limpiando parabrisas de los automóviles parqueados frente al Ministerio de Comercio Exterior, pero en las noches eran como una suerte de ejército pretoriano encargado de mantener en un puño el lucrativo comercio de carne de gallo (variante sexual especialmente codiciada por turistas y diplomáticos del exterior, europeos sobre todo), así como cualquier otro trapicheo afín que tuviese como teatro de operaciones la calle Infanta, en el tramo comprendido entre 23 y San Lázaro. Igualmente, y por el mismo conducto, debió llegarle la noticia de que en los días en que recibía las primicias de este caso, empezaban a correr murmuraciones en torno a la posible ejecución de tres o cuatro crímenes en el área en cuestión. Se decía que los muertos eran todos hombres jóvenes, homosexuales al parecer, todos violados en forma muy malsana y luego depositados sobre las rocas más allá del muro del Malecón, todos tendidos en horizontal, desnudos, bocabajo y con un tabaco habano encajado en el agujero anal. Él quiso entender que con aquellos sucesos Dios había depositado en su camino lo que necesitaba para el gran espaldarazo editorial. Era en verdad loable la celeridad con que descifró esas señales de arriba. Lo raro es que no desplegara la misma rapidez a la hora de aprovechar el aventón divino.

Raro sí, y hasta contradictorio si se quiere, pero no incomprensible. En una de las últimas conversaciones que estuvo espiando cuando trabajaba como camarero en El gato volador, un comensal le comentaba a otro lo acotado por don Francisco de Quevedo acerca de quienes pretenden dedicarse a escribir para comer y les ocurre que al final no comen ni escriben. Él no estaba totalmente de acuerdo con Quevedo. A través de su propia experiencia había arribado a la conclusión de que no era posible escribir para comer por la misma razón que no es posible cerrar la boca antes de abrirla. Si no comes, no puedes escribir. Todo en su orden. Resulta inútil, por no decir impracticable, dedicarse a escribir sin haber comido. El hambre cierra los grifos de la inventiva. Si lo sabría él después de haber leído la novela Hambre, de Knut Hamsun, y habiéndola leído -para mayor inri- en medio de un ayuno sin atenuantes. Pero ese era un obstáculo que había logrado neutralizar por el momento gracias a la venta de durofríos. Así que aunque teóricamente continuara proponiéndose escribir para comer, en la práctica reordenaba los términos: comía como trámite obligado antes de sentarse a escribir para comer. Sólo le faltaba equiparar

las proporciones, ya que estaba escribiendo mucho y comiendo poco. Pero como bien le explicara su amigo y cuñado Uno, tampoco resulta conveniente escribir demasiado si ello conlleva a escribir mal. Y cuando Uno le hablaba sobre escribir mal, él sabía que no estaba pensando necesariamente en la sintaxis, ni siquiera en los defectos gramaticales, sino en no ser capaz de convertir la apariencia en esencia y la forma en fondo, recursos esenciales para que la ficción, que es la verdad del escritor, funcione tan convincentemente como la verdad personal de cada uno de sus lectores. Son muchos los que escriben bien –de acuerdo con los cánones formales- pero no convencen a nadie de nada, le puntualizaría Uno. Por más que tal desajuste no alinease entre los problemas que más le afligían a él.
Al margen de lo que pudiera aconsejarle Uno, su inclinación natural era no tomarse a pecho los grandes conceptos sobre literatura. Le parecía suficiente con llegar a considerarse un eficaz narrador de argumentos basados en hechos reales, para lo cual no se exigía a sí mismo más que tener un buen olfato y una buena memoria, mejor, si fuera posible, que la memoria de sus lectores. Ni siquiera le intranquilizaba que tanto los títulos como los contenidos de sus libros se parecieran a veces más de lo prudente a los de libros publicados antes por otros autores. Sabía (se enteró en los predios de El gato volador) que una respetable cifra de lectores, la mayoría quizás entra a las librerías o pincha en Internet en busca de lo que suelen considerar

novedades, lo que es decir libros con temáticas en circulación impuesta por el marketing y en línea con la moda. Por lo demás, también había escuchado de la misma fuente que dentro del proceso creativo de cualquier autor se aceptó desde siempre como lícito y lógico apelar a tramas e ideas recreadas por antecesores. Juntar y revolver los enfoques de unos y otros escritores mediante la ilusión de que ambos saldrán enriquecidos, es una práctica tan antigua como la literatura misma y tan rutinaria y extendida hoy por hoy como el azul del cielo.

¿Acaso resulta imposible que a dos personas bien distanciadas en tiempo y espacio se les ocurra pensar idénticamente sobre un mismo asunto? ¿Es que no ha sido demostrado en la práctica que dos escritores que no se han visto nunca las caras, ni se han leído entre sí, coincidan en la creación de obras con toda la apariencia de meros plagios? ¿Quién no ha quedado boquiabierto frente a la proverbial coincidencia entre los relatos La puerta condenada, de Cortázar, y Un viaje o El mago inmortal, de Bioy Casares tan semejantes como gotas de agua y portadores por igual de inequívocas marcas de autenticidad? Eso también lo había atrapado al vuelo en El gato volador. Pero no es que le importase mucho. Estaba seguro de que él nunca alcanzaría tales niveles, ya que, puestos a contrapesar el homenaje, la intertextualidad y la copia, era fácil prever, en su caso, de qué lado iba la balanza.

Pero justo por ello es por lo que necesitaba tomarse un tiempo extra antes de darle forma a esta nueva novela. Ya que en una buena porción de sus tramas no conseguiría desprenderse –como se lo aconsejaba Uno- de las huellas de otros escritores, tendría entonces que agenciárselas para que esas huellas tomaran la apariencia de apropiaciones creativas, lo que equivale a decir plagio blanqueado por las técnicas posmodernistas. Y para él no había otra manera más fácil de lograrlo que escribiendo sobre hechos reales, pero, eso sí, luego de haberlos comprobado personalmente al pie del cañón.

Es el motivo por el que antes de empezar a escribir aquella novela, Habanos para los difuntos de Infanta, le dio por lanzarse a la investigación meticulosa in situ de cada uno de los datos que respaldarían su argumento. Para él hubiese sido cómodo entretejer los hilos de la acción sentado tranquilamente en su casa, sin desatender (como muy pronto desatendería) el mercado de los durofríos. Las herramientas estaban ya engrasadas. Poseía información abundante y exclusiva. Era conocedor del escenario. Disponía del adiestramiento, las ganas, el espíritu y las influencias de estilo indispensables para consagrarse a la tarea de manera que en el curso de dos o tres meses, tuviera listo el primer manuscrito, cuya publicación iba a dejar verde de la envidia a las más reputadas joyitas de El gato volador. Sin embargo, una vez más, por desgracia, le traicionaría su talante sacrílego.

UNO

Los relojes no miden el tiempo, sólo reproducen o imitan el mecanismo de otros relojes. Se impondría entonces precisar hasta qué punto estamos empinando suspiros negros a medianoche cuando encaramos el presente o el futuro como lapsos que pueden ser demarcados con exactitud en nuestro fuero interno. Una cosa es el tiempo que pasa por la clepsidra y otra quizá distinta el que pasa por nuestra memoria, eso debe haberlo pensado alguien antes que él, aunque no recuerda quién. Tampoco tiene el menor interés en delimitar los diferentes estadios del tiempo, ni siquiera está seguro de que ello sea posible. Sólo ha permitido que estas boberías lo desviaran de órbita durante un instante en el que no hubo carritos abandonados por los clientes en el parqueo de Sedano´s.

Pudo influir, además, el hecho de que hoy está en Babia desde que se levantó. De lo contrario no se habría permitido el descuido de extraer la foto de la gaveta, pues había resuelto no exponerse esta mañana a los censuradores ojos de Ella. Es que como ayer le dieron el día libre en el supermercado, tuvo a bien aceptar la invitación que en días atrás le extendiera Olga para que fuese a almorzar a su casa.

La decisión no pudo ser más atinada -piensa ahora-, aunque no lo había previsto en su momento. Fue a almorzar con Olga porque después de dedicarse a leer durante la primera mitad del día, no hubiera sabido qué hacer con la segunda mitad. Sin contar que sentía curiosidad por saborear aquel vino francés que ha estado aguándole la boca últimamente aun sin haberlo probado. Y la verdad es que le fue de maravilla. No sólo con el vino. Olga dio muestras de ser una anfitriona muy cordial. Y una conversadora infatigable, lo cual carecería de importancia para él si al mismo tiempo no se hubiera revelado como una lectora pura raza, de esas que parecen haber leído todos los libros. Lo de menos es que haya ocasiones en que su conducta le resulte un tanto indescifrable. Alguna ligera indirecta por aquí, una tenue acotación por allá, preguntas de doble filo sacadas como de la nada y dejadas caer al desgaire, con inflexiones que a él se le antojan dirigidas a insinuar que ha tenido acceso a referencias sobre su pasado. Claro que probablemente estos recelos suyos no pasen de ser figuraciones sin pies ni cabeza, efectos de los desvaríos paranoicos que viene arrastrando desde La Habana. Como igual de imaginarias pudieron ser las insinuaciones de coquetería que, según creyó percibir, le deslizaba su anfitriona de vez en cuando. A juzgar por la edad que le calcula, Olga podría ser su madre. Con todo y que si es observada con esmero –como él lo hizo-, resulta fácil advertir que su poder cautivador no radica sólo en la elegancia. Es también atractiva físicamente, deseable.

Por cierto, ahora que lo piensa, ha recordado que ayer, cuando llegó a su casa, Olga salió a recibirlo sin maquillaje y algo despeinada, envuelta en una especie de camisón de franela, como si recién se hubiese tirado de la cama. Así que lo dejó acomodado en la sala –a cargo de la primera copa de Chinon Les Barnabe-, mientras ella volvía a perderse en dirección a su dormitorio, para acicalarse. Fue una espera de veinte o treinta minutos, aunque para él no iba a durar más que un soplo, casi mágico podría decir, ya que cuando ella regresó maquillada era otra persona. O más bien era la Olga que él conocía, porque en realidad la otra persona era quien lo había recibido. Esto le trajo a la memoria cierto pasaje de una película de ciencia-ficción en la que un viajero del espacio abandona su nave momentáneamente para explorar un planeta sometido a una potente energía gravitatoria por estar cercano a un agujero negro. En suma, el viajero permanece ausente durante una hora aproximadamente. Sin embargo, al regresar, constata que en el interior de su nave han transcurrido veinte años.

Lo curioso, en el caso de Olga, es que a él le dio por imaginar que el tiempo había transitado no hacia adelante sino al revés. Obviamente, ella debía lucir mejor después de maquillada. Sin embargo, a él le gustó más la primera, la que no conocía. Incluso, por alguna inexplicable razón, le pareció más joven. Claro que al final se trata de una sola Olga, y todo aquel desbarajuste no había tenido lugar más que en su calenturienta sesera. Pero posiblemente sea lo que le motivó hace un rato para ponerse a pensar en el paso del tiempo y en lo de su carácter ilusorio. Porque parece

ser verdad que al menos dentro de nuestra mente el tiempo no discurre a la misma velocidad que en el exterior. O no siempre. Es que ni siquiera pasa por nosotros a un ritmo estable y congruente. A veces nos entretenemos y transcurren las horas como pestañazos. Otras veces los minutos estiran, se hacen interminables, sobre todo para quien espera ansiosamente. No en balde se afirma (tal vez lo afirmó Jung) que para la psiquis humana no existe el tiempo. O acaso no exista en lo absoluto, y su cometido sea igual al de los santos y los ángeles de la guarda, que existen sólo cuando nos conviene creer que existen.
¿Un despropósito? Puede ser, pero a él le funciona soltar este tipo de chorradas para salir de apuros. Diría que se siente amparado por el lastre que la irracionalidad impone hoy a nuestra proyección pública. Sin ir más lejos, con otra argucia muy afín cree haberse librado de la diligencia con que Olga intentaba ahondar ayer de tarde en ciertos pormenores de su vida en La Habana. El pasado es como un golpe de aire -le dijo él-, pasa sin avisar y sin que puedas retenerlo, así que una vez que pasa, ya no es nada. A Olga le causó gracia su modo de escabullirse, pero no insistió. Al menos no en la misma dirección. O sí, pero a través de un rodeo con el que simulaba anteponer lo general a lo personal.
Fue por esa deriva que terminaron hablando sobre literatura en tanto oficio y también como pretexto para la performance ególatra. Él le había llevado como

obsequio dos libros suyos, publicados durante la etapa habanera. Y luego de ojearlos muy sucintamente (como si ya los hubiese leído), Olga iba a comentarle que si estaba pensando en reeditarlos, quizás debiera pensar antes en reescribirlos. Esto concitaría un diálogo que aún es capaz de recordar con bastante exactitud, aunque no sabría definir si es porque lo tomó por sorpresa o le preocupó o lo descolocó y lo puso en guardia, como a la espera de alguna oculta premeditación. Él: ¿Tan malos te parecen mis libros que con apenas una ojeada me aconsejas reescribirlos? Olga: Si te sugiero reescribirlos no significa necesariamente que sean malos, sino que deben encajar en ciertas reglas del mercado que resultan nuevas para ti. Él: En Cuba también existen las reglas del mercado. Olga: Pero son distintas, según las de aquí el escritor es ahora más importante que su obra, así que necesita exponerse como autor-personaje dentro y fuera de la trama; allá sigue importando más la obra, pero atenida a leyes aberrantes, pues su aprobación está en dependencia exclusiva del contenido y no de su calidad formal, ni aun de la importancia del autor, sea quien fuere. Él: Coetzee, si no recuerdo mal, anotó que si un libro no puede convencer por sí mismo, al margen de la existencia privada del autor, es porque ese autor ha fracasado. Olga: Coetzee es demasiado inteligente para ignorar que en nuestro actual panorama literario suele otorgársele a lo banal categoría ontológica; de modo que ya no es posible vender libros si no transas con esas nuevas leyes del mercado. Él: Es que el valor de un libro no puede ser determinado por la publicidad y por la circulación mediática. Olga: No debiera quizá, pero es así como se encauza actualmente la literatura; nos guste o no, vivimos en una época en la que todos necesitan, o sienten que necesitan, exhibirse representando un papel como peldaño para triunfar en la vida; no veo por qué los escritores tendrían que ser la excepción. Él: ¿Y no te parece pueril eso de representar el papel de escritor cuando ya demostraste serlo escribiendo libros? Olga: La puerilidad es propia de los escritores, y lo que a mí me parece es que en el fondo la mayoría de ellos disfruta al representar el papel... Olga le había dicho esto último con pereza, sin exteriorizar una toma de posición al respecto, como no fuese la que pudo reflejar el desdén con que levantó los brazos por encima de la cabeza e hizo vibrar todos los dedos de sus finas manos, como ave que emprende el vuelo. Pero a él no le alcanzaría el tino para desmenuzar ese gesto. Sus ojos fueron directos a clavarse en las axilas recién rasuradas, relentes, tersas de la anfitriona; creyó advertir que desprendían una fragancia esencial, olor a hormona alebrestada tal vez. En un santiamén -cuya duración confirmaría la falibilidad de los relojes-, se vio apartado por completo del tema sobre el que conversaban.

Todo fue tan fugaz que ahora no consigue poner orden en los detalles. Sin embargo, está seguro, eso sí, de que alguna señal inhabitual debe haber captado Olga en su expresión, pues iba a bajar los brazos de inmediato y, evitando mirarle a los ojos, musitaría algo así como que es raro que las más fantasiosas actitudes de un escritor se manifiesten con regularidad en el ejercicio de su vida ordinaria. Él quedó en silencio. Tal vez no había entendido bien lo que ella quiso decir. En cualquier caso, debe haber pensado que en boca cerrada no entran moscas, así que más le valdría no hablar antes de asegurarse de que Olga no estaba molesta por su menuda impertinencia y que aquel veredicto sobre la vida ordinaria de los escritores no lo aludía a él directamente y muchísimo menos guardaba relación con sus axilas. Aunque igual era posible que si guardase relación pero que Olga no lo haya dicho porque estuviese molesta, sino más bien para facilitarle un relajante escape del atolladero.

De hecho, y ya que él continuaba sin pronunciar palabra, Olga se mostró dispuesta a retomar la conversación con la mayor naturalidad. El mismísimo Kafka, nadie menos –dijo-, confesó alguna vez en carta íntima que en su vida ordinaria era alguien bien diferente al Kafka autor: "No escribo como hablo, no hablo como pienso, no pienso como debería pensar, y así sucesivamente hasta las más profundas tinieblas". Mientras citaba de memoria la confesión del genio praguense, Olga fue levantando de nuevo los brazos, lenta, delicadamente, como si intentara retocarse el peinado. Él no creyó en lo que veía. Pensó que era una trampa de su imaginación. Y lo más probable es que lo fuera -piensa ahora-, con todo y que durante el corto rato que aun iba a durar su visita (el suficiente para vaciar la segunda botella de Olga Raffault), vería a su anfitriona alzando los brazos otra vez, otra y otra.

OTRO

Entonces los vecinos del barrio empezaron a notar que él salía de su casa cada tarde con un disfraz distinto, sin que estuviesen en carnavales. Una peluca rubia que le llegaba a la cintura, las uñas muy largas (postizas) y muy rojas, en combinación con la boca; camisetas ceñidas y sin mangas pero abultadas en la zona del pecho, como si llevara dos guanábanas; bermudas atropelladamente breves, mostrando la entrada de las nalgas y haciéndolas tremolar al ritmo de la marcha igual que fuelles de acordeón... Al verlo, su amigo y cuñado Uno no pudo reprimir la carcajada. Había ido a encontrarse con él después que Ella le comentara, con nerviosismo, aquel extraño cambio en su conducta. A él, por su lado, le dio risa ver a Uno destripándose de la risa a costa de su indumentaria. Y a Ella le dio risa verlo reír a él. Así que rieron los tres en sintonía, como tantas otras veces. También como en múltiples ocasiones anteriores, volverían a retratarse los tres sentados en el muro del Malecón. No debieron sospechar en aquel momento que era la última foto que se tomaban juntos.

Bebiendo los tres a pico de una botella de ron, conversaron largo esa noche, la mayor parte del tiempo sobre el nuevo proyecto por el que Otro había resuelto disfrazarse de loca de carroza. Uno intentó persuadirlo sobre la insustancialidad de ese criterio según el cual los escritores deben vivir las historias de sus libros antes de escribirlas. Que Hemingway lo hiciera –le previno-, y que además alardeara al respecto, no parece haberle sumado mérito alguno a sus novelas. Y si bien hay otros que lo consiguieron con mucha mayor fortuna (Conrad, Melville, Bábel, Aleksandr Solzhenitsyn, Primo Levi...), tampoco en estos casos el dato es relevante por sí mismo, puesto que se trata de narradores que igual hubiesen creado obras trascendentales sin mover el trasero de sus escritorios.

Aunque Uno no desaprobara del todo el interés de Otro por observar desde adentro aquella atmósfera de oscuro desenfreno que tenía lugar en los alrededores de la heladería Bim Bom, tampoco consideraba necesario que su amigo y cuñado exagerase la nota participando activamente en los hechos y aún menos animado por la creencia de que ello le bastaría para elevar el valor de su escritura.

Nuestro panorama literario –le advirtió Uno a Otro- está infectado de ilusos y de catetos convencidos de que vivir bajo las circunstancias de una dictadura totalitarista les allana el camino para convertirse en escritores, en tanto han sido testigos en primera línea de fenómenos que por su anormalidad propician la tarea ficcional. Pero es que escribir una novela no es lo mismo que contar lo que pasó, y todavía menos lo es escribir un poema o un cuento. Lo paradójico después de todo es que este tipo de criterio tan lerdo se haya abierto camino en un país donde el novelista más celebrado por la cultura oficial fue un tieso turista francés que jamás embarró las suelas de sus zapatos

con el fango y la mierda de los barrios populosos de La Habana; y en un país donde gran parte de la obra de aquel a quien han reconocido como el poeta nacional no va mucho más allá de ser un ajiaco a base de Lorca y de Langston Hughes con aliños callejeros de manual, todo mezclado.
Más tarde, él reiría a solas recordando las tajantes ocurrencias de Uno, cuyos consejos tuvo a bien agradecer aun cuando no fueran suficientes para minar la fe que depositaba en sus planes. Después de haberse ido tantas veces con la de trapo intentando colocar en circulación algún bestseller salvador, no iba a perder la oportunidad sólo por no infiltrarse en los predios travestis de la calle Infanta debidamente ataviado para la ocasión. Si de ello dependía que consiguiera escribir páginas rentables, no le hallaba sentido a echarse para atrás refrenado por escrúpulos de dudoso sostén. Porque a derechas él ni siquiera acababa de entender la extrañeza o hasta la aprensión que la mayoría de la gente manifiesta ante el disfraz y la máscara, atributos tan propios y socorridos entre las personas de cualquier latitud geográfica, e incluso tan antiguos como la historia de la humanidad.
Bien claro oyó decir más de una vez entre las mesas de El gato volador que el disfraz acompaña a los humanos desde los tiempos de las cavernas. ¿Y quién podría hablar sobre el tema con mayor conocimiento de causa que los comensales de El gato volador? Justo por ellos supo que la influencia del disfraz está relacionada con

los inicios de la práctica medicinal, religiosa, filosófica, poética..., de lo cual se colige que su empleo alinea entre los cimientos de nuestra civilización. Incluso, el propio Uno le había contado que los antiguos griegos y los romanos le llamaban persona a la máscara. Era el nombre que recibían las caretas o disfraces utilizados por los actores para representar determinados papeles en las obras teatrales. Máscaras y personas vienen, pues, juntos y revueltos desde tiempos inmemoriales, pasando por los ritos mágicos de los chamanes, por la ópera de Pekín y el carnaval de Venecia, hasta las caras tatuadas de los pandilleros maras. Aunque hablando en plata, la verdad es que todos vivimos detrás de un disfraz, en todos los momentos y circunstancias.

Nuestra proyección pública no es sino una máscara aceptada socialmente como señal de identidad. Esto también se lo había dicho Uno, luego de aclararle que si cuestionaba la forma escogida por él para extraer de fuentes primarias el argumento de su nueva novela, no era por el disfraz propiamente, sino porque estaba seguro de que ya había logrado reunir los datos imprescindibles, así que no creía que le sirviera de mucho sacrificar todas sus noches zapateando la calle Infanta en vez de concentrarse en lo que realmente le hacía falta, que era escribir de una vez Habanos para los difuntos de Infanta. En eso sí le pareció que a Uno le asistía la razón, si no completamente, por lo menos en gran medida. Y claro que se la habría concedido sin titubeos si no fuese por aquel secreto íntimo, un detalle que su amigo y cuñado no conocía, porque él resolvió no compartirlo con nadie, ni siquiera con su hermana Ella. Y es que el principal incentivo por el que no le apetecía renunciar a su proyecto radicaba en el disfrute que estaba proporcionándole el disfraz. No era únicamente la segregación extra de adrenalina que le generaba participar en la aventura. No era sólo que las noches que pasaba en predios de Bim Bom constituyesen las menos aburridas tal vez de toda su existencia. Era, sobre todo, el hecho de que al amparo de aquellos disfraces distintos para cada ocasión había llegado a sentirse cómodo, creía que tanto o más cómodo que si hubiera ido vestido comúnmente.

Si no se lo confesó a Ella ni a Uno, no era debido a que sintiese vergüenza hacerlo, sino porque primero necesitaba interiorizar la novedad sin la menor pizca de duda. Dale una máscara a un hombre y te dirá la verdad, había dictaminado Uno, posiblemente remedando a alguno de sus autores favoritos. Pero ¿acaso era confiable, aun para él mismo, una verdad dicha en medio de tal aturdimiento?

UNO

Esta mañana, al levantarse, se gastó un largo rato intentando ser mirado por Ella. Por más vueltas que le daba a la foto y por mucho que cambiase el punto de observación, siempre avistaba la misma impasibilidad. Otro tanto ha ocurrido en la tarde, cuando regresó del trabajo. Y por lo que ve, se acostará esta noche sin lograr que mejore su postura. Ella se niega a mirarlo. Y no porque lo haga sutilmente deja de explicitar la intención de enviarle un mensaje, a él, muy en exclusiva, para que sólo él lo capte. Sobre la finalidad del mensaje podría no tener dudas. Sin embargo, le cuesta establecer con determinación su real causa, si es que hay una causa, porque también pueden ser varias.

Hubiese podido guardar la foto en su gaveta a la espera de alguna variación en el humor de Ella. Pero prefiere mantenerla afuera para chequearla de vez en vez. Vale más prevenir que lamentar, se ha dicho, aunque tampoco sepa por dónde aplica el refrán en este caso. Ni se empeñará en saberlo. Afortunadamente tiene otras cosas menos engorrosas hacia las que dirigir la atención mientras le llega el sueño. Pues, desde hace algún tiempo evita ir a la cama antes del minuto exacto en que empiezan a cerrársele los ojos. Cuando vivía en La Habana no era así. Se acostaba a cualquier hora, estuviese o no cansado, y tan pronto caía en horizontal, quedaba rendido como una piedra. Y eso que el cúmulo de sus preocupaciones y sobresaltos era entonces mucho mayor que en la actualidad. Pero así funciona a veces nuestro organismo –piensa ahora-, quizá porque esté capacitado para recibir premoniciones a flor de piel antes de que los efectos de la realidad se perfilen en la conciencia.

El asunto es que no ha devuelto la foto a la gaveta, aunque tampoco la mantiene a una distancia fácilmente accesible, no sea que termine desvelándolo. Y mientras, vuelve a revisar su cuenta en Facebook, porque desde hace varios días está ensayando una especie de juego que, además de servirle como pasatiempo, le permite corroborar cierto comportamiento que, según Olga, tipifica a muchos de los habituales en esa red social. No por gusto fue precisamente Olga quien le propuso el juego y quien lo anima y le facilita lo imprescindible para llevarlo adelante, tomándose un interés tan puntual que cualquiera diría que lo hace para proporcionarle algo más que simple entretenimiento.

En el inicio puso en sus manos la copia digital de uno de los pocos relatos de Stephen King donde la destreza narrativa armoniza -por azar o milagro- con el atractivo especial que hallan en sus tramas los lectores de este autor. Él debía colgar el relato en Facebook, pero bajo su propia firma, dejando abierta la posibilidad de pretextar que había omitido el nombre de King por un inocente descuido. Así lo hizo. Y en verdad no puede decir que le sorprendiera que, luego de permanecer expuesto en la red durante varios días, el relato no llegó a recibir ni un solo like. Entonces Olga le sugirió que repitiera el manejo pero con un relato suyo, no tenía que seleccionarlo con rigor, uno cualquiera, ni siquiera tendría que preocuparle cuál fuera su argumento, lo importante es que lo colgara bajo la firma de Joanne K. Rowling. Tampoco iba a sorprenderle mucho, aunque sí le inquietó más que en el caso anterior -además de avergonzarlo-, el hecho de que pocas horas después de colgado, su relato contase con cientos de likes. Si con la experiencia inicial confirmaba el supuesto de que los lectores medios de Facebook otorgan o no sus likes sin haber leído aquello que valoran, sino únicamente a partir del nombre de quien lo rubrica; en el segundo caso el resultado le pareció desconcertante, ya no por los likes que le habían regalado mediante tan ridícula solfa, sino porque nadie se dio por enterado de la verdadera autoría del relato. Era obvio entonces que hasta escritores amigos, eventuales conocedores de la obra y el estilo de la Rowling, emitieron votos sin tomarse la molestia de leer por lo menos el primer párrafo, lo que les hubiese bastado para detectar la jugarreta.

No iba a concluir ahí su pasatiempo. Seguiría trastrocando textos y autores hasta este mismo minuto en que acaba de colgar uno de los más inexpugnables relatos de Thomas Bernhard bajo la firma de Paulo Coelho. Pero lo está haciendo más bien para amenizar sus momentos de ocio, con todo y que Olga insista en que todavía le queda mucho por aprender en las redes sociales si en verdad quiere plantar su pica en Flandes respecto a la conquista del mercado editorial. Es algo de lo que él no está plenamente seguro, aunque no le apetece contradecirla, puesto que a fin de cuenta Olga es la única persona que ha manifestado disposición para ayudarlo. Hasta qué punto esconde algunos objetivos con la misma soltura con que expresa otros, es algo que podría evaluar más adelante si a mano viene. Pero de momento no le queda sino mostrarse agradecido, celebrando la suerte que tuvo al encontrar a Olga, o al ser encontrado por ella, lo que es igual, pues aunque la vida de ambos discurre por canales distintos, resulta claro que los dos viven tan solos como almácigos en invernadero.

¿Será esa relación con Olga lo que condiciona el proceder cada vez más receloso y esquivo que advierte en Ella? Ahora mismo ha vuelto a mirar la fotografía, y aun cuando esté algo apartada, en una esquina de la habitación que permanece en penumbra, casi podría jurar que en el lugar del rostro de Ella apenas llegó a ver un lóbrego vacío. ¿Estaría cubriéndose los ojos con la cabellera? ¿O se volvió de espalda para no mirarlo? Lo más natural en todo caso es que Ella no hiciera nada de eso y que aparezca en la fotografía igual que siempre, sonriente, entre Uno y Otro. Pero entonces ¿a qué obedecen sus alucinaciones? Loco no está, ni borracho, ni tan ofuscado como para ver lo que no es.

En fin, pensaba en lo bien que le ha venido conocer a Olga. Si es que para conocerla basta con saber que es una mujer inteligente y culta, amorosamente cálida a pesar de que ya se adentró en la sesentena. Sabe, además, que vive sola en una casa antigua y confortable, pues su esposo murió hace unos años y su único hijo reside en Nueva York. Olga vino de Cuba siendo una adolescente, y de acuerdo con lo poco que le ha contado, él cree saber o deduce que heredó propiedades al quedar viuda, alguna modesta empresa quizás, que ahora atiende su hijo, luego de que ella decidiera regresar a Miami para disfrutar de un apacible retiro justo en el sitio que la vio renacer como persona.

A veces sospecha que precisamente por estar sola y espoleada por el interés en ayudarlo a renacer como persona (tal y como ella lo hizo en su día), es que Olga acalora el acercamiento entre los dos. Desde luego que para eso debió obtener previa información sobre quién es él y por qué vino a instalarse en Miami, algo que no le parece juicioso admitir. Es que ni siquiera se le ocurre una buena razón para que despilfarre neuronas dándole vueltas a la sospecha. Sería un ejercicio inútil. Además, lo sustancial es que iniciaron un vínculo con el que ambos demuestran sentirse a gusto y mediante el cual identifican zonas de compensaciones mutuas. De importancia menor es el empeño con que ella intenta convencerlo sobre cuánto le convendría ser un escritor de catálogo, a pesar de que él le aclare con igual empeño que solamente aspira a publicar algunos de sus libros en editoriales con potencial comercializador, y no tanto por la inconsistente expectativa de ganar dinero con las ventas como por la posibilidad de que el crédito que trae consigo el éxito editorial pueda abrirle puertas para un empleo estable en medios afines a su profesión. Tal y como él le ha replicado más de una vez a Olga (en broma pero en serio), el último escritor de bestsellers que ha dado la literatura cubana fue José Ángel Buesa, un poeta de mediados del siglo XX, y tuvo que pagar la osadía tragando bilis, pues por cada uno de sus poemas melodiosos y cursis recibió andanadas de menoscabo y envidia dentro de nuestra república literaria, donde la incomodidad frente a su éxito resultó proporcional con la fiel devoción de sus millones de lectores. Tan dramática debió ser la situación para Buesa que a lo largo de más de medio siglo ningún otro se ha lanzado a cubrir la bacante de súper ventas que dejó vacía al marcharse de la Isla como perro que tumbó la lata.

A Olga, que ha leído a Buesa, aunque tal vez únicamente como curiosidad arqueológica, se le antoja gracioso el enfoque que él da a la tragedia del pobre poeta. No obstante, entre col y col, no desaprovecha la oportunidad para recomendarle que se tome en serio la publicación de un par de bestsellers, o hasta quizá de uno solo, lo cual le alcanzaría para renunciar a la recogida de carritos en Sedano´s y dedicarse a escribir lo que le gusta, al menos por un tiempo, sin perder el sueño por las deudas de finales del mes. Ella misma puede ayudarlo a materializar ese proyecto, le ha dicho y repite, por más que no aclare en qué consistiría su ayuda, aparte de transmitirle alentadores consejos.

En definitiva, para que un libro se convierta en bestseller no tiene que estar mal escrito, le arguye igualmente Olga (en serio pero en broma), con todo y que cada vez resulta más difícil demostrarlo. Por ser tan difícil quizá es por lo que ella escamotea los ejemplos, limitándose a citar a unos pocos escritores de otras épocas cuyos libros continúan vendiéndose como McDonald´s. Y la verdad es que a él le han resultado interesantes, iluminadoras incluso, algunas de estas citas. Es el caso de santa Teresa de Jesús con los cuatro libros que redactó a mano hace cuatrocientos años, y cuyos elevados índices de venta la realzan hoy ya no como autora de bestsellers, sino aún más, de longsellers, algo que estaba bien lejos de sus planes y hasta de sus deseos cuando escribía en total aislamiento.

Revisando la lista de esos escritores célebres de épocas anteriores que Olga le ha mencionado como autores de bestsellers que aún exhiben muy altos niveles de venta, él constata dos detalles que justifican su desinterés por la propuesta, a la vez que le inducen a sopesarla con juicio práctico. Primero, no obstante, las grandes transformaciones que ha experimentado el mundo en los últimos tiempos, el mercado de bestsellers conserva intacta la fórmula de éxito que determinó su nacimiento. Y es una receta muy simple. Exactamente igual que hace cientos de años, el grupo de temas que sirven hoy de argumento a los bestsellers oscila entre la autoayuda (espiritual, social, ético-filosófica...), y los lances amorosos preferiblemente trágicos, más las tramas fantásticas, de acción, aventuras, intriga y muerte. Segundo, esos libros pueden estar mejor o peor escritos, pero la estructura narrativa es muy semejante en todos los casos. Nada de búsquedas formales ni de avances en el desarrollo del estilo. Nula evolución del subgénero y, por consiguiente, de sus lectores. Posiblemente en ningún otro rasgo se parezcan tanto las personas del presente y sus tatarabuelos como en aquel que viene condicionando sus preferencias en materia de bestsellers. El cine ha evolucionado a zancadas en correspondencia con el paso de los años. La novela misma se ha transformado como género, con todo y la resistencia que debió enfrentar por parte del mercado editorial. Pero el perfil de los libros más vendidos se mantiene incólume. Sin embargo, parece que nadie se aburre de leerlos (o al menos de comprarlos) en sus soportes de mamotretos con cientos y cientos de páginas, justo en días en que la gente es reacia a leer más allá de sucintos titulares o enunciados. Para él la cuestión encierra un misterio inextricable, pero quizá se deba a su afición por buscarle la quinta pata al gato, teniendo a menos los elementales mecanismos que mueven la psicología humana.

Olga le ha dicho que los niveles de comercialización de bestsellers gestionados por grandes empresas de edición están siendo afectados últimamente por el alza de pequeñas editoriales, lo cual equivale a decir que las costosas y cargantes campañas de marketing para vender libros tienden a perder efectividad ante el empuje de las redes sociales de Internet, único instrumento al alcance de las editoriales pequeñas, pero que al parecer resultan mucho más ágiles y abarcadoras como recurso publicitario.

Antes de llegar a su propia conclusión sobre cuál de tales variantes sería la idónea para promocionar libros, él determina que ninguna de las dos le gusta y que en realidad ninguna de las dos tiene mucho que ver con la literatura ni con la manera más confiable de valorar el trabajo de un escritor. Con lo que sí tienen que ver ambas es con la manipulación tanto de los escritores como de su público, y en los dos casos mediante taimadas ventajas para el manipulador. O al menos es así como él aprecia este asunto. Escritores y lectores potenciales actúan por igual persuadidos de que están prodigándose mutuamente mayor atención de la que en realidad habían previsto. Unos y otros son a la vez objeto y sujeto en la farsa. Así que la aprueban más o menos conscientes, con mayor o menor complacencia, pero siempre abiertos a dejarse querer, o a dejar creer que se quieren, para alimentar el ego.

Porque de eso se trata a fin de cuentas, del tremendo gustazo que nos da creer que todo gira o debiera girar alrededor de esa lastimera instancia psíquica donde se refugia el yo de cada uno de nosotros.

A propósito, y ya que está en el ajo, se le antoja pensar que muy posiblemente todo esto que le ocurre cada vez que mira a Ella en la foto también podría guardar relación con las zonceras del ego. No hay por qué dudarlo, comenta para sí con más incertidumbre que certeza, al tiempo que dirige nuevamente sus ojos a la foto. Y ve que al fin Ella lo mira, aunque con un feroz brillo de burla en las pupilas.

OTRO

Si Hemingway decía haber cazado leones en África para poder escribir La breve vida feliz de Francis Macomber, si Conrad enfrentó la furia de los siete mares antes de sentarse a redactar Tifón, si Arturo Pérez-Reverte se pasó veinte años de trinchera en trinchera, sacando la cabeza del Territorio comanche sólo para asistir a la presentación de su próximo bestseller, él tuvo a bien considerarse con derecho a ser respaldado por una cierta lógica para no quedar a la zaga. Lamentablemente no estaba en sus cálculos que al final la calle Infanta resultaría menos hospitalaria que la selva o que los embravecidos océanos y hasta que la guerra de los Balcanes. Es lo que parecen indicar los hechos. Eso, o tal vez fuera que él no supo asimilar la lección de sus precursores.

Una cosa es segura: del mismo modo que tantos libros inspirados por las vivencias personales de sus autores lo animaron a experimentar en carne propia las emociones y peligros que intentaría recrear después en una novela, sus andanzas en predios de la heladería Bim Bom le condujeron a observar aquel entorno no sólo con expectación calculadora. Vivir las acciones antes de narrarlas pasó a convertirse en un imperativo para él, pero ya no relacionado únicamente con su plan inicial. Según iba metiéndose en la piel de aquellos atolondrados duendecillos de la noche en la calle Infanta, a más de comportarse exteriormente como ellos, había comenzado a razonar y aun tal vez a sentir como ellos. Pronto, además, percibiría como propia la calamidad social desentrañada por aquel ambiente, cuya deriva jaranera y pintoresca no era sino otra máscara, una más, para encubrir el horror.

Bajo tales pormenores debió recapacitar por vez primera poniendo por delante la factibilidad de adicionar la denuncia de corte cívico entre sus objetivos como aspirante a escribidor de bestsellers. Su amigo y cuñado Uno pondría el grito en el cielo al enterarse, de eso estaba seguro. También barruntó que su hermana Ella iba a perder de un golpe la serenidad habitual. Pero no lograrían detenerlo. Era asunto resuelto. Para su proyecto de bestseller alimenticio no representaba pérdida alguna disponer de la acriminación como prisma. Además, nada sucede por simple casualidad, o es lo que quiso discurrir entonces. Durante uno de sus últimos turnos de trabajo en El gato volador había oído decir que para comprometerse con la literatura, primero hay que comprometerse con la vida. Lo dijo uno de aquellos curdas babosos y simuladores, carentes de disposición para cualquier genuino compromiso. Así que él no le prestó atención. Sin embargo, ahora, por algún súbito motivo, la frase reflotaba intacta en su memoria. Si la decisión que le condujo hasta los predios de Bim Bom no obedecía en principio más que al apuro por ganarse el pan emborronando cuartillas, menos tarde que nunca su experiencia sobre el terreno estaba demostrándole algo que antes no había tenido presente:

la inevitabilidad de que los sentimientos de quien escribe queden fuera de la página, por mal que lo haya hecho. Desde luego que también le daba la razón a su amigo y cuñado Uno respecto a que la peor literatura suele ser escrita a partir de los mejores sentimientos. Algo que lejos de desalentarlo, podía servirle de consuelo. Ya que el acto de escribir demanda ser atizado por alguna efervescencia del espíritu, entonces no iba a ser él quien se lanzara a contender contra esa férula.

Así las cosas, y haciendo oídos sordos de antemano a lo que pudiesen opinar Uno y Ella, había empezado a grabar testimonios orales y fotográficos de quienes frecuentaban el tenue saturnal de Infanta. Las grabaciones de voces las transcribiría para utilizarlas como aportes de verosimilitud a la trama. Y en cuanto a las fotografías, tenía en mente ir intercalándolas en segmentos a lo largo del libro para ilustrar cada capítulo. Con ello –pensó-, además de otorgarle un valor agregado al contenido de Habanos para los difuntos de Infanta, le añadiría originalidad desde el punto de vista formal.

Entre las mesas de El gato volador había creído empaparse del conocimiento idóneo para incursionar en la variante de literatura de no-ficción. Supo que algunos escritores de envidiable trayectoria, como Truman Capote o Norman Mailer o Tom Wolfe, alcanzaron gran éxito dando un impulso a esta tendencia que ahora estaba de moda gracias a una interminable legión de mediocres imitadores. Y claro que no habría puesto reparos ante la posibilidad de engrosar esa legión, siempre que le propiciara llevarse el gato al agua. Sin embargo, justo a partir de sus nuevos enfoques sobre la tragicomedia de Bim Bom, pensaba que aún mucho más en línea que con el brillante estilo de Capote, lo suyo debía ser encaminado a través de la funcional manera de Rodolfo Walsh, quien (según los empollones de la república literaria cubana), ensanchó las arcas de la no-ficción al incluir el compromiso político entre sus objetivos, subiéndole así la parada a los autores de famosas novelas negras de los años 30 y 40, que tan eficientemente abordaron la injusticia social como móvil del crimen. En principio a él no le tentaba la idea de hacer literatura política. Apenas pretendía escribir algo que sobresaliera entre el montón de estampas folklóricas y turísticas garrapateadas por los paisanos que se proponían asomarse al mercado internacional del libro. Pero lo cierto era que le estaba resultando imposible pasar por alto la intolerancia sistémica e incluso la represión policial que gravitaba sobre el drama de aquellos infelices travestis. De manera que aunque continuase rechazando la perspectiva de ser portador de ideas grupales, o médium, o demandante de nada, era obvio que tenía pensamientos y sentimientos a los que estaba necesitando dar salida.

Más o menos razón pudo tener su amigo y cuñado Uno al sostener que la no-ficción literaria no recrea las cosas como son, sino recrea meramente la visión personal del escritor frente a las cosas. De ser así, mucho mejor. No tendría entonces por qué considerar peligrosa la revelación de cuanto estaba ocurriendo en predios de la heladería Bim Bom. Después de todo, no haría más que proclamar su visión del problema, y ésta, en rigor, no pasaba de ser una verdad personal que si bien no eludía los hechos, tampoco los airaba desde una actitud política sino como exposición desprejuiciada.

Aquel concepto de Uno no era precisamente el que más le hubiese convenido sopesar en tales circunstancias. Pero no lo supo a tiempo. Además, por mucho que le estimulara contar con las opiniones del amigo, no creía que le fuesen de gran utilidad en ese momento, tal vez por conocer a priori que serían contrarias a sus deseos. Algo que tampoco debió preocuparle, pues estaba persuadido de que Uno iba a terminar comprendiéndole, aun cuando no lo apoyara. Más le preocupaba su hermana Ella, quien, aunque no lo comprendiera, lo apoyaría sin que le importasen los riesgos.

UNO

En la trastienda de la fantasía. Allí pudiera estar la realidad. Y una forma de constatarlo es escribir libros basados en eso que llaman hechos reales. No tiene que ser la mejor forma, ni la única, pero a él se le antoja indeclinable. O por lo menos es lo que respondió a Olga, no como una declaración de principios sino más bien para escurrirle el bulto, ya que verdaderamente aquel tema no le interesaba.

Además, habían llegado a un punto en la conversación en el cual empezó a intuir que Olga estaba tratando de arrinconarlo, aun cuando lo hiciera con la hacendosa tenuidad que le es afín. Como al principio no entendió el motivo de su insistencia, tuvo a bien creer que el tema sobre la escritura basada en hechos reales se había filtrado casualmente en la conversación. Pero pronto iba a notar el empeño con que la anfitriona lo traía de vuelta una y otra vez, por más que él patentizara su desgana. Quizás valga afirmar –llegó a recalcarle un tanto machaconamente- que los hechos expuestos en ese tipo de literatura son distintivos de su real naturaleza, confirman que existen y que tanto al que los narra como a quienes leen no les quedará otra que aceptarlos como reales, no porque la mera reproducción gráfica les otorgue esa categoría, sino porque su veracidad se manifiesta en detalles concretos. En otras circunstancias es posible que él se hubiera disparado a contradecirla apoyándose en su propio argumento. Pudo haberle dicho que las diferencias entre lo real y lo veraz son figuradas y no etimológicas, así que ninguno de los dos resulta suficiente para reforzar al otro. Tampoco habría estado mal refrescarle que la literatura de ficción no elude lo real, sino que lo aborda a partir de sus complejidades de esencia, y esas complejidades se tornarían irreales si pretendemos que sean verificables con una simple ojeada. Sin embargo, nada dijo, o casi. Se ahorró saliva al replicar apenas con aquella chuscada sobre la trastienda de la fantasía, pues, por una parte, la cuestión le importaba un pepino, y por otra –la parte principal-, no le apetecía contrariar a Olga, de la cual se consideraba deudor y por la que creía estar sintiendo algún cariñoso apego.

Por cierto, ahora, al pensar en el tipo de compromiso que le une moral o aun quizá sentimentalmente a Olga, no ha podido aguantar el impulso de echarle un vistazo a Ella para ver si aprecia algún asomo de reproche en su faz. En los últimos días no le sobraron las oportunidades de extraer la foto de su nueva ubicación, dentro de un libro, en procura de esas señales que Ella suele enviarle. Pero las pocas veces que volvió a buscarla no se limitaría a observar en silencio su rostro, según le era habitual. También ha sentido deseos de hablarle, como si la tuviera ante sí de cuerpo presente.

Es una práctica que ensayó en circunstancias peculiares. Olga le proponía que viniese a vivir en su casa, donde iba a facilitarle una habitación más cómoda y sobre todo más barata que aquella que él rentaba.

Fortuitamente, e igual por intermedio de Olga, había vuelto a ver en esos días la versión cinematográfica de Sostiene Pereira, la novela de Tabucchi. De modo que a la hora de recoger los bártulos para la mudada, y aún bajo el efecto que le causara la actuación de Mastroianni en su papel del doctor Pereira, especialmente cuando comentaba todas sus decisiones con la fotografía de su esposa muerta, él, casi sin darse cuenta, también habló con Ella para preguntarle si estaba de acuerdo con el cambio. Sólo que a diferencia de los serenos beneplácitos de la señora Pereira, Ella no aprobó. Se mantuvo impávida, como recordándole que aquel pedazo de papel fotográfico sólo era el rastrojo de una desleída ilusión. Fue cuando él determinó hundirla entre las páginas de una abultada antología de cuentos policiacos cubanos que a Olga no se le ocurriría abrir ni por curiosidad.

Pero no iba a renunciar fácilmente a las ganas de conversar con la foto, a pesar de que Ella se mantuviera tozuda en su actitud de no responder, ni mediante un ligero pestañeo. Es por lo que en este momento, a solas ya en la habitación, ha vuelto a extraerla de su escondite para comentarle algunos detalles relacionados con la amena, aunque irregular velada que acaba de pasar junto a Olga.

Sostiene Pereira (dice, en voz alta, sentado frente a Ella, a ver si consigue estimularla con la parodia), que a lo largo de toda aquella conversación con Olga, ésta anduvo sondeándolo con sigilosas tentativas que él no pudo descifrar. Como no sea que haya preferido no descifrarlas. Lo cierto es que a golpe de desdén, sazonado con algún que otro afectuoso exabrupto, iba a desviarla en parte de sus peroratas sobre la utilidad de escribir libros testimoniales. Todas las obras de Dios pertenecen al género de ficción, ninguna es tan simplona como para estar basada en hechos reales. Esa fue la respuesta de ocasión que encontró a mano para rebajarle grados a la calentura realista de Olga. Sin embargo, no iba a resultar todo lo persuasiva que él hubiese deseado, puesto que muy pronto la anfitriona hallaría la forma de convertir el supuesto desvío en un trueque de camino por vereda.

No pierdas de vista –le replicó- que en los tiempos en que Dios concebía sus obras cumbres no estaba tan de moda y demandada como hoy la creación que se basa en hechos reales; tampoco Dios debe haberse hallado nunca en una situación tan engorrosa como la tuya, apremiado como estás a patalear por el sustento en un terreno impropio y sin destreza para nada más que escribir libros. Él, por su lado, aunque sólo fuera para jugarle cabeza, hizo hincapié en cuanto a que lo real de toda creación no radica en su materialidad sino en su constituyente esencial, que es el espíritu. La realidad, si es que existe, podría anidar únicamente en el alma de las cosas. Lo dijo buscando darle jake mate al asunto. Pero lo que consiguió fue dar pie a Olga para que continuara adelante con la misma lata, la cual, ahora que lo piensa mejor (le dice a Ella), no le parece que respondiera al empuje de una momentánea calentura realista, sino más bien al despliegue de un apaño premeditado y frío. De otra manera no se explica por qué Olga, siempre tan afable y comedida, no dejaba de incordiarlo.

Olga: Muy oportuno el subterfugio sobre el alma de las cosas, pero por más vueltas que le des, tu realidad personal es que eres un escritor cubano recién escapado de la tiranía política que domina la Isla; así que, como tal, puedes y aun debes reproducir tus experiencias en libros que sin duda serían de interés para cierto mercado internacional. Él: Mi realidad de base, por llamarle de algún modo, es que soy escritor; si además soy cubano y acumulo experiencias personales más o menos extraordinarias, son apéndices de mi biografía que no tienen por qué determinar linealmente el contenido de mi labor creadora. Olga: Sólo lucirás auténtico si te expresas como lo que eres, te guste o no. Él: ¿Quieres decir que mi autenticidad consistiría en hacer lo que se espera de mí a partir de aquello que los demás entienden que soy o que debo ser? Olga: Es probable que no consista en eso, pero de momento te conviene creerlo, o hacer creer que lo crees. ÉL: Lo lamento, Olga, juro que estaría dispuesto a complacerte, pero lo único auténtico que reconozco en mí ahora mismo son las dudas que guardo sobre mi autenticidad. Olga: Pues, no me será fácil ayudarte si además de negar la realidad, te niegas a ti mismo como escritor cubano. Él: Lo que niego es ese viejo cliché colonialista que define cómo y sobre qué debemos escribir los escritores cubanos, vivamos donde vivamos...

Sostiene Pereira (repite en alta voz, dirigiéndose de nuevo a Ella con una sonrisilla sardónica) que este último intercambio, malamente esbozado a tirones de su memoria, fue el que puso punto final a la velada. No dejó de sorprenderle que Olga renunciara tan conforme a continuar pinchándolo con sus circunloquios. Si perseguía un objetivo –tal como él supone-, era de esperar que siguiera explorando vías para alcanzarlo. Pero por lo pronto había logrado contenerla. O quién sabe. Tal vez no. Igual pudo ocurrir que su momentánea renuncia estuviese destinada a darle tiempo para que él repasara en calma con la almohada los pormenores de la charla. Y si así fue, debe reconocer la pertinencia de su decisión. Puesto que sin haber recostado aún la cabeza en la almohada, empieza a inquietarle ya el temor de que no haya sido suficientemente razonable de su parte rechazar de golpe y porrazo todo cuanto le dijera Olga, sin detenerse a fijar su atención en lo que estaba queriendo decirle.

OTRO

Él también era propenso a ver la muerte como algo que sólo ocurre a los demás. De modo que si unas semanas antes le hubieran pronosticado que esa noche iban a segar radicalmente su existencia, de seguro no se lo habría tomado en serio. Incluso, es presumible que de haberle llegado el anuncio al levantarse en la mañana de su último día, tampoco le hubiese provocado sino alguna sonrisilla incrédula. Luego, según pasaban las horas, iban a salirle al paso abundantes señales de que la situación no estaba para ligerezas. Aunque bien examinados los preliminares del drama, podría decirse que tales señales no fueron las primeras y que sólo su natural desidia le impidió anticipar el desenlace.

Ya en el borde de la madrugada había sido agredido físicamente por tres de los sordomudos. Desde noches atrás notó que distintos miembros de esa pandilla le seguían de cerca durante sus andanzas por Infanta. Hasta que finalmente terminaron esperándolo, emboscados, cuando abandonaba los predios de Bim Bom a través de la oscura calle 25. Y sin dirigirle ni media palabra (no más faltara) lo derribaron a trompones para luego patearlo en el suelo, mientras él apenas conseguía ovillarse sobre sí mismo, a la vez que se cubría el rostro con ambas manos para evitar que lo desfiguraran. El ataque fue llevado a cabo con la celeridad de los expertos. Muy pocos minutos les bastó a los sordomudos para machacarlo como a un tostón y para vaciar sus bolsillos en busca de fotos y grabaciones.

Por suerte, el robo de los testimonios recopilados en esa jornada no iba a constituir una gran pérdida para él. Pues ya había terminado de escribir la novela y la conservaba a buen resguardo, junto a todo el soporte testifical que le servía de base. El hecho de que hubiera vuelto a la calle Infanta para hacer lo mismo que hizo tantas veces, se debió quizás al gusto que le daba romper la inercia y porque acaso presintió que, de no hacerlo, las noches en lo adelante le resultarían demasiado largas y tediosas.

Su hermana Ella, a quien le preocupó desde el principio aquella atracción suya por la nublosa parcela travesti, intentó prevenirlo sobre la inutilidad del peligro a que se exponía al seguir merodeando en los alrededores de Bim Bom una vez completada la investigación de campo. También su cuñado Uno echó mano de nuevo al morral nihilista para recordarle que en cualquier circunstancia, pero muy puntualmente en las del sitio y la época en que habían nacido (sin derecho a elección), no debía existir para ellos objetivo más importante que el de la supervivencia a toda costa. Observa –le advertiría, apuntándose a sí mismo con el dedo índice contra la sien- que la causa que dices estar defendiendo es una causa sin héroes, ya que todo el que intenta serlo, termina siendo mártir.

Pero él seguía en el revuelo, sin dar calor a los consejos de las dos únicas personas que consideraba

merecedoras de su confianza, y además las únicas que conocían al detalle sus planes para el espaldarazo bestseller. A lo que sí condescendió, para tranquilizarlos, pero sobre todo para que lo dejaran tranquilo, fue a entregarle a Uno el manuscrito y única copia de Habanos para los difuntos de Infanta, con el propósito de que éste se ocupase de esconderlo mientras gestionaban la posibilidad de enviarlo al extranjero con algún emisario digno de crédito. Ella, por otra parte, mantendría bajo su custodia todas las fotos y grabaciones, de manera que en caso de que su hermano fuera denunciado, la policía no pudiese hallar en su poder ni un solo indicio de culpabilidad.
Lo que no previeron (o tal vez Ella sí lo previó pero estuvo dispuesta a encarar con resolución el trance), es que ambos hermanos quedarían igualmente expuestos ante cualquier denuncia, no sólo porque Ella también había participado en el acopio de testimonios entre los travestidos, sino porque atendiendo a la estreñida capacidad de razonamiento de la policía, y a la suma de sus aprendizajes a pie de obra, nada es más efectivo para que aparezcan las pruebas inculpatorias que obligar al propio inculpado a que las aporte, para lo cual suele ser suficiente con poner bajo acoso a sus seres queridos.
Aquella madrugada, la del último día de su existencia, cuando a duras penas conseguía recuperar el resuello luego de la pateadura, se encaminó directamente a reunirse con Ella. Debía ponerla al corriente de lo

sucedido y necesitaba además que alejara de su casa (si es que no lo había hecho ya) todos los materiales comprometedores, porque ahora sí estaba casi convencido de que irían por él, y temía que ante la inviabilidad para demostrar aquello de lo cual lo acusaban, también fueran por Ella.

Muy pronto pasó de estar casi convencido para estar irremediablemente enterado de la sentencia sin juicio que pesaba sobre los dos. Con la terrible certitud de que antes de acabar con él, habían ido por Ella.

Apenas abrió la puerta, se percató de que en el interior de la casa de Ella todo yacía revuelto y destrozado, como tras el paso de un ciclón. Era evidente que los sordomudos o la policía (probablemente ambos) habían caído por allí. Pero no era lo peor. Ella no estaba. Y a menos que hubiese pasado la noche junto a Uno, su ausencia a primera hora de la mañana podría tomarse como un indicador fatal.

Luego resultó que tampoco estaba con Uno. Según éste, la última vez que se vieron (tres o cuatro días antes), Ella había ido a su casa para pedirle que buscara también un escondite para las fotos, los videos y las entrevistas de Infanta, pues le asaltaba un mal presentimiento, y ya no confiaba en que estuviesen seguras bajo su protección. Además de acceder a su encargo, Uno -según le dijo a Otro-, aprobó lo recomendado por Ella en cuanto a que debían dejar de exhibirse juntos públicamente por unos días, ya que, al verlos, quienes no le perdían pie ni pisada iban a enfocar sus visores también contra él.

No volverían a encontrarse, nunca más: ni Uno con Ella, ni Ella con Otro, ni Otro con Uno o con Ella.

Ella y Otro no supieron nada más sobre Uno. Y Uno no supo nada sobre Ella; mientras que sobre Otro, apenas supo que al clarear la siguiente mañana, su cuerpo inánime fue hallado sobre las rocas, detrás del muro del Malecón. Y de acuerdo con lo que contaban quienes dijeron haberlo visto, estaba desnudo, bocabajo, ensangrentado, con el correspondiente habano en la ubicación correspondiente.

UNO

La eticidad pujando inútilmente por domar al potro salvaje del egotismo. Más o menos así es como él ve simbolizada la cuesta arriba del escritor, o el despeñadero, en dependencia de quién lo valore. También suele ocurrir que, por efectos de esa pujanza, la vida del escritor derive en su mayor ficción.

Lo comenta en alta voz frente a la fotografía, aunque sabe que a Ella, por más que le atrajera la cháchara, nunca le hizo gracia este tipo de disquisiciones que tildaba de onanísticas. De todas formas, necesita hablarle. E insiste. Sin que lo desanime comprender que le tira piedras a la luna, no sólo porque a Ella no le importa el tema de su comentario, sino porque sea cual fuera el tema, no responderá.

No había vuelto a responderle desde el momento en que él se mudó para la casa de Olga. No obstante, ciertas escurridizas vibraciones que creyó percibir durante un tiempo, le indicaban que no era indiferente a sus soliloquios y que seguía allí, expectante, como a la caza de algo que estaba por venir. Sin embargo, tales vibraciones terminaron disueltas de la noche a la mañana. Y desde entonces, por más que él se empeñe, la foto no le devuelve sino el yerto grumo de las cosas exánimes.

Por eso necesita hablarle, procurar que le dedique, aunque sea unos breves minutos de atención. Infiere que de prolongarse este fastidioso retraimiento, va a llegar a un límite en que le resulte insoportable.

Entonces no le quedaría otro remedio que cortar por lo sano transmutando la memoria en cenizas.
Era de prever que Ella -la más inteligente de los tres, la más sensata y avispada-, no asumiera una actitud tan inflexible. Esto también lo dice ahora en alta voz frente a la foto. ¿Acaso no la ha mantenido al corriente de la situación? ¿No le explicó diáfanamente por qué no le quedaba otra disyuntiva que contemporizar con Olga? Puesto que a Ella le consta su menosprecio por ese huevo sin sal que es la autoficción literaria, debiera tener presente que, si se ha dejado convencer, no es por su gusto, ni porque él sea de los que cambian de opinión como de calzoncillos, sino por las coyundas del destino. Tampoco la seriedad hay que tomarla tan en serio, o no todos los días por lo menos.
No se explica por qué Ella se cierra en banda para no aceptar que aquel convenio que le extendiera el hijo de Olga, a instancias de la madre, era su única opción para iniciar el ascenso desde el fondo del hoyo en que había caído al huir clandestinamente de Cuba e instalarse en tierra ajena, sin tiempo ni contextura para escribir y sin disposición para situarse detrás del último en la fila de un contingente como el de la sociedad literaria de los cubanos en el sur de Florida, parecida a la Isla en el alto número de escritores por metro cuadrado, y no tan diferente ante el hecho de que cada uno se proyecta dispuesto a ser cómplice del otro, mientras no pierden el menor chance para opacarse mutuamente.

Si Ella cree que tanto este ventajoso contrato que acaba de firmar, como el determinante empuje de Olga para su concreción, han sido fruto de alguna trama manipuladora por parte suya, no le cuesta repetirle que fue Olga quien lo buscó a él y no al revés. Tampoco es que descarte por entero la incidencia de alguna clase de amañado manejo. Lo visible es siempre una diminuta porción de lo invisible. Pero él puede dar fe –dice- de su completa inocencia e ignorancia en torno al asunto, ya que ni siquiera conoció hasta última hora que los negocios del hijo de Olga están relacionados con el mercado del libro. Y aun así, se trata de un vínculo con el medio editorial estadounidense, donde no hay cabida –salvo excepciones cuasi milagrosas- para los escritores de habla hispana, a no ser que hayan alcanzado la fama en Europa y sus obras lleguen a Estados Unidos traducidas ya al inglés. No era su caso, razón por la que él no llegó a sospechar siquiera lo que estaban gestionando Olga y el hijo. Ni en sueños hubiese podido vislumbrar –dice- la posibilidad de que el hijo de Olga le allanara el camino para este contrato con una editorial española de reconocida trayectoria y fuerza en el mercado. Luego, si bien se mira –dice-, es bien poco lo que le pedía Olga a cambio. Sólo que le entregase un libro de autoficción cuyo argumento tuviera como escenario a La Habana de hoy.

Dichas las últimas palabras, él ha dejado de mirar hacia la foto. Se levanta de su asiento y da paseítos por la habitación, callado y como tratando de pisar la propia sombra. Tal vez esté pensando que si Ella fuese aún capaz de interpretar sus silencios, tomaría éste como una tregua que él se ha impuesto para recuperar el compás de la respiración. Finalmente, vuelve a sentarse frente a la foto y resuella gordo antes de retomar su comentario. La herencia fidelista nos aplasta, qué le vamos a hacer –dice-, los copistas de la falsa realidad en Cuba somos impelidos en el extranjero a convertirnos en copistas de la añoranza, o del oportunismo histórico. Cambiamos el rol, pero seguimos siendo los mismos copistas. Respondemos al llamado de la aldea, sin que cuente lo lejos que hayamos logrado escapar físicamente. Debe ser la causa por la cual los escritores cubanos somos sectarios, nos chifla el grupo. ¿Será que nos incapacitaron para reconocer un mejor modo de saber que existimos? ¿O es sólo que asumir la individualidad desembocó en otra de nuestras fobias identitarias?

El silencio y la astucia –enuncia ahora con acento aleccionador, mirando de soslayo a la foto-, están entre las únicas armas con que, según James Joyce, podría defenderse un escritor perdido en las penumbras del exilio. Y a él –dice- la casualidad o lo que fuera le concedió el privilegio de transitar desde el silencio a la astucia. No era lógico, ni siquiera humano, que dejara pasar una de esas coyunturas que apenas suelen darse en casos excepcionales y, cuando mucho, una sola vez en la vida. Tampoco podía gastarse el lujo de perder el filón dedicándose a escribir un nuevo libro que sabe

Dios cuánto tiempo y cuánto sudor del alma –que diría Steiner- le costaría terminar. Pero he aquí que para eso también tenía Olga un arreglo a su alcance. Lo más probable es que él no llegue a saber nunca por qué vías obtuvo la confidencia –dice-, pues, la verdad es que no quiso preguntarle, tal vez porque presintió que Olga no iba a ser sincera, o porque le inquietaba la posibilidad de que lo fuera. Y, en fin –dice- es así como se vio obligado a darse por vencido ante las coyundas del destino.

Después de todo –dice-, Habanos para los difuntos de Infanta, es un libro que de cierta forma nos pertenece a los tres. Y dado que yo era el único que podía firmarlo, pues, qué remedio. Peor hubiera sido que luego de tanto buche amargo y tanto susto lo condenáramos a la inexistencia eterna por omisión.

Miami, verano de 2022.

Contenido.

UNO 9

OTRO 12

UNO 15

OTRO 19

UNO 22

OTRO 28

UNO 34

OTRO 42

UNO 45

OTRO 50

UNO 55

OTRO 63

UNO 68

OTRO 78

UNO 83

OTRO 89

UNO 94

Biografía.. 101

Biografía

El escritor habanero José Hugo Fernández ha publicado una treintena de libros, entre ellos, las novelas *Los jinetes fantasmas, Parábola de Belén con los Pastores, Las mariposas no aletean los sábados, Mujer con rosa en el pubis, Florángel, El sapo que se tragó la luna, El tigre negro, Cacería, Agnes La Giganta o El hombre con la sombra de humo*; los libros de relatos *La isla de los mirlos negros, Yo que fui tranvía del deseo, Hombre recostado a una victrola, Nanas para dormir a los bobos, Muerto vivo en Silkeborg o La novia del monstruo.* Los libros de ensayos y crónicas *Las formas del olvido, Siluetas contra el muro, Los timbales de Dios, La explosión del cometa, Rizos de miedo en La Habana o Entre Cantinflas y Buster Keaton.* Reside actualmente en la ciudad de Miami.

www.ingramcontent.com/pod-product-compliance
Lightning Source LLC
LaVergne TN
LVHW090124160826
845673LV00015B/843

* 9 7 9 8 8 4 4 3 5 1 0 6 8 *